全方位風速の孤独

川西 桂司
Keiji Kawanishi

鳥影社

全方位風速の孤独　目次

全方位風速の孤独

1

音羽あずさのピアノ・リサイタルがその日の午後六時半に閉演し、超満員だった聴衆たちの群れの渦に四苦八苦しながらぼくと雉子《きじこ》がM音楽堂の正面玄関から戸外に吐き出されたとき、都心の葡萄色の夜空には珍しく星が幾点か見えていた。ぼくは口をぽっかり開いて、先程の雉子の変異から来た衝撃の余韻が治まるのを待った。そのために立ち停まったぼくと共に雉子も歩調を緩め、ぼくよりも幾分か先に出た足の動きを落ち着かせてぼくをちらっと振り返った。どことなく青味がかった煌めきを放つある一点の星と、ぎこちなく振り返った雉子の頭上からの外灯の光で蒼ざめたその横顔の頰には、しかしついさっきまでこのぼくにあれだけの動揺を与えていた涙の跡は見出せなかった。

だが、あのときぼくはたしかに見たのだ。雉子の顔の左側の頰に透明な一筋の滴が伝っていたのをぼくは見てしまったのだ。それは音羽あずさがベートーベンのある楽曲の最終楽章を弾き終えた直後のことだった。満場の盛大な拍手の波の喝采を全身に浴びて、鍵盤の前から立ち上がってステージの中央に進み出た音羽あずさが深々とお辞儀をして聴衆たちの清聴に謝意を表した刹那、何気なく横に座る雉子の顔に視線を当てたとき、紛れもなく雉子が泣いているのをぼくは見たのだ。なぜ雉子が泣いていたのか。それは決まっている。音羽あずさという欧米公演帰りの日本を代表するピアニストの演奏と彼女が奏でる荘厳で清澄な響音に感動したからに決まっている。雉子の感受性がある回路を経由してその両の涙腺を刺激した、そんなことはぼくにだってわかる。けれども、一方ぼくの涙腺が雉子とは違ってぴくりとも反応せず、無論一滴の涙すらぼくの頬に伝わなかった。そのときぼくは何かを感じたのだ。言葉ではうまく表現できないものを、つまりぼくと雉子の音を吸収する感性の違い、聴覚を共有し合うその感受性の一致の限界のようなものを感じたのだ。

そろそろと降りて来た緞帳が観客席からステージを遮断したとき、次々と天井の照明の光が辺り全体を照らし、ぼくと雉子は観客たちの群れを縫って大ホールの出口に向かって歩き始めた。ぼくのすぐ先で階段を歩く雉子が、途中で幾度も涙の滴を指先で拭っているのが後方のぼくの側からもわかった。あきらかに雉子は先程のピアノ演奏で涙を流す感受性を持っていたのだ。対して涙とは無縁だったぼくは、彼女と同じ感受性は持っていなかったのだ。ついに彼女の聴覚の感性には追いつけなかったのだ。咄嗟の間にぼくはそんなことを考え、やがてホールの出口から人混みの中の階段を降りながら何となく味気ない寂寞感のようなものを自分の心のどこかに課すことを禁じ得なかった。その時間帯におけるぼくは、雉子としばらく並んで歩きながら、たしかに孤独だった。一人ぼっちだった。雉子の感受性から取り残されていた。置き去りにされていた。いや、黙殺されていたと言ってもよかった。

とっぷり暮れてすっかり暗くなった戸外に音楽堂から足を踏み出したときも、そして、すでに雉子の両頬から涙の跡が消えていることを確信した後でさえも、ぼくのその孤独感は胸のどこかに消えずに残っていた。孤独感という小舟はぼくを乗せていつまでも感受性という名の湖の一角で漂っていた。そのとき、ぼくと雉子の名前を連続して小声で呼ぶ声が背後で聞こえた。ぼくと雉子がほぼ同時に振り返ると、わずか数メートル後方の人いきれに紛れるようにして保田准教授が洒落た狐色の外套姿で立っているのが見えた。保田准教授はぼくと雉子がその音楽学科に籍を置くN大学芸術学部の美術学科で教鞭を取っていて、学科を超えて結成された学内の出身県の同窓会でぼくも雉子も顔見知りだったが、それまで特に親しい付き合いはなかった。やはりあなたたちだったわ、と言った保田准教授は外灯の鈍い光に輝かせた白い前歯を覗かせ、数人の行き交う観客たちの間を縫ってぼくたちに近寄り、しばらくしてぼくたち三人は人混みの流れを脱してそばのダリアの植木が散らばる花壇の縁石の前に移動した。

今日のピアノ・リサイタルの主役の音羽あずさは保田准教授の高校の同期にあたるピアニストで、二人は進学先の大学こそ別れたが、同じ学校に通っていた時分から音羽あずさは音楽の道で、保田准教授は絵画の道でそれぞれ近い将来に身を立てることを誓い合った仲なのだということをぼくと雉子はほどなく彼女から聞かされた。少し何気ない雑談をした後、誰の提案ということもなかったが、今晩の異様な寒気に閉口していた三人は、アルコールで冷えた身体を温めながら軽く食事をしようということに話がまとまった。あたしがご馳走するわ、と言った保田准教授はそれでもすぐに思い直し、この近辺の徒歩で約五分のところにある自分のマンションにぼくと雉子を招待してくれた。もちろんぼくたちに異存はなく、遠慮なく保田准教授の厚意に応えることにして、途中にある酒屋でぼくと雉子は固辞する保田准教授を制して舶来の少し高価なウイスキーを買った。

　保田准教授のマンションは四方に高層ビルの林立する繁華街の中心部にあり、ほどなくぼくたち三人はエレベーターに乗って保田准教授の部屋のある五階に昇り、ぼくと雉子は保田准教授の痩せた背中に続いて薄紫色の照明が景気よく床を照らす長い廊下を歩いた。

「さあ、ゆっくりしてちょうだい。目下のあたしは独り暮らしだから誰にも遠慮はいらないわ」

　部屋に入って八畳のリビンググルーム兼応接間にぼくたちを座らせると、保田准教授はそんなことを言ってそそくさとエアコンのスイッチを捻って着替えのためにそのまた向こうの暗がりの部屋に入って行ってしばし席を外した。温風が不思議な程間髪を置かずにぼくと雉子の頭上に心地好く流れてぼくはようやく人心地が付いた思いがした。保田准教授が奥の部屋に消えているわずかの隙を狙ってぼくは雉子に訊いた。

「あの先生、年齢はどのぐらいだい？」

「さあ、まだ五十には届いていないのではないかしら。高校の同期だというから音羽あずさと同じはずだわ」

　それから、

「年の頃はどうでもいいけど、先生はさっきちょっと気になることを言ったわ」

「何を？」

「目下独り暮らしだと言ったわ」

さらに、

「あの先生は結婚しているはずよ。たしか同じ大学の映画学科の教授であるご主人がいたはずよ」

「長期出張でもしているんだろう」

そうぼくが言ったと同時に、いいえ、別れたのよ、という保田准教授の感情の微塵も感じられない声が背後から聞こえた。ぼくも雉子も慌てて下を向いた。普段着らしい黒い地味な厚手のセーターを着込んだ保田准教授がさり気なくぼくたちの向かい側のソファに深々と腰を下ろしながら、昨年の暮れに別れちゃったのよ、ともう一度噛んで含めるような語調で同じような言葉を繰り返した。一分程の時間が三人の沈黙の間を縫って流れ、まもなく保田准教授は、さて、と呟いて颯爽とソファから立ち上がり、流しに向かいながら鼻歌を洩らし始めた。そのメロディーはさっきまでぼくたちが耳にしていた音羽あずさが奏でていたベートーベンのある楽曲の一節だった。やがて保田准教授の手によって大瓶のビール二本とグラスが三つ、そして赤貝の煮つけとほうれん草の胡麻和え、そしてぼくたちが持ち込んだ舶来のウイスキーの載ったお盆が運ばれて来た。何もないのよ、と言った保田准教授はさらに温め直したおでんが山のように盛られた洒落た器と美味そうな冷凍ピザを硝子製の円い卓の上に置いて、ふっ、と溜息をついた。

「あなた、ひょっとしてさっき泣いたわね」

ささやかな酒宴が始まってほどなく、酔いでほんのり頬に赤味が差した保田准教授が正面に座る雉子の顔を見てそんなことをぽつりと不意に口にした。ぼくの目ではとうに涙の跡など垣間見られるはずがないと思っていたものの、さすがに保田准教授の勘は鋭いものだった。永遠にぼくにしか見破られないと思っていたベートーベンから授けられた雉子の涙の滴が呆気なく保田准教授に指摘されたのだ。当然のことながら雉子は首を横に強く振ってそれを否定した。そして、歯切れの冴えない口調で、お化粧の乗りが悪いのかしら、とか何とか言って、慌てて席を立って手洗い所に足を向けた。ぼくはそんな雉子の背中に視線を据えると、よく冷えたビールの注がれたグラスに唇を寄せた。ぼくのほかに自分の涙の源になった感受性の存在を保田准教授に知られたことが雉子にとってはたしてよかったのかどうか、そんなことを考えながら。続けて保田准教授は、

「あなたも知っていたのでしょう、あの人の涙を――」

「ええ。知っていました」

と、ぼくは正直に答えた。

「あの涙を彼女の頬に運んだのはあずささんのピアノの華麗な響音、そうではなくて？」

「よくわかりますね。おそらくそうではないかと思います」

「で、彼女と同じようにあなたは泣いた？」

と、保田准教授はぼくにとってさすがに痛いところを突いて来た。ぼくはすかさず、

「いいえ、泣きません。僕の感性は涙を僕には与えてくれませんでした。だからさっき先生に背

後から声を掛けられるまで僕は孤独感と疎外感、そんなものと闘っていたんです」

そうはっきり言うと、

「何？　それ――」

保田准教授が小悪魔的としか表現のしようのないほろ酔い加減の潤んだ目をぼくに真っ直ぐ向けた。

「いいえ、いいんです。何でもないんです。つまらないことを言いました」

そう言ってぼくが慌てて首を横に振って胡麻化したとき、手洗い所から出て来た雉子が化粧直しをしたらしくさっきとは打って変わった色艶の良い顔をリビングルームに覗かせ、照れたようにぼくと保田准教授の顔を交互に見て、くすっ、と微笑した。

元のとおりにぼくたち三人は酒類と料理が並べられた卓を囲み、あらためて声をそろえて乾杯の音頭を小声で発した。いったい何のための乾杯だかよくわからなかったが、今日の音羽あずさのリサイタルの成功を祝ってということでよかった。しばらくは保田准教授とぼくたちの学内の共通の知人の噂などのとりとめのない雑談をした後、やがて保田准教授が抑揚のない乾いた口調で身の上話を始めた。夫とは一年前に離婚したこと、二人の高校生と中学生の娘の親権は夫が裁判で得て今は保田准教授の義理の母親の許から学校に通っていること、別れた後も夫とは当然のことながら共に同じ学内で教鞭を取っており、ときおり構内ですれ違ったりすることもあるが最近は至極あっさりと挨拶を交わすことができるようになったこと、夫婦の絆など所詮婚姻届か離婚届が介在するだけの紙切れ一枚の縁に過ぎないことなどを、保田准教授は実に淡々とビールの注がれたグラスを唇に運びながらぼくと雉子に語り続けた。だが、保田准教授はそのときは何が原因で離別したのかは一言も語らなかった。それはそうだろう。別にこれまで親しい付き合いをしていたわけでもないぼくたちにそこまで話を進めるにはまだ保田准教授とぼくたちの間には精神的にも物理的にも相当の距離があったのだから。

　保田准教授の身の上話がひととおり済むと、次はぼくと雉子も何か喋らなくてはならない義務が当然生じた。仕方なくぼくは保田准教授に倣ってやはり身の上話のようなものから話を切り出した。ぼくと雉子は幼馴染で郷里の静岡県の中心部にある同じ中学と高校を卒業した後、やはり同じ都内の私大の芸術学部に進学した。中学でも高校でも吹奏楽部に籍を置いており、二人は六年間同じ釜の飯を食った間柄と言い切ってもよかった。その六年間ぼくと雉子は常に共通した音楽の流れに生息していたと言ってもよい。朝練のときも通常の部活動の時間もぼくたちはいつも同じパートであるクラリネットの響音の渦に取り巻かれての日々を送って来たのだ。同じ旋律に浸って時を過ごして来たのだ。

　そして三ヵ月程前に同棲し始めてからも、常にぼくたちの環境の片隅には同じ音楽の流れがあった。ＦＭラジオから流れるクラシック音楽を聴きながら朝食の卓に向かって雉子の拵えた目玉焼きと少し焦げたトーストを頬張るときも、夕方になってピアノの鍵盤に雉子の指先が滑り出し、ぼくが横でクラリネットを吹き、ベートーベンの楽曲を一緒に演奏するときも、ラジオから流れる唱歌を耳にしながら一緒にシングルベッドに横たわるときも、ぼくたちはいつだって同じ環境で音楽というやつを共有して来たのだ。そこまで喋ってから、ぼくの脳裏にはまたしても先程の孤独感と疎外感が去来した。

それなのになぜあのときの音楽堂での音羽あずさの奏するピアノの響音を受け止めるぼくと雉子の感性にあんなに大きな開きがあったのだろう。雉子の涙腺が刺激されて両の頬に涙が伝い、充分に彼女の感性の琴線を震わせたというのに、なぜぼくの感性の琴線は何の刺激にも出会えなかったのだろう。ぼくたちは十年近くもの間ほぼ同じ音楽の渦巻く環境にゆすぶられて来たというのに、今の二人の感性、感受性の開きはいったいどうしたことなのだろう。ぼくたちのこの約十年間という月日はいったい何だったのだろう。二人が手を取り合って駆け抜けて来た歳月にはどんな意味があったのだろう。

その後のぼくの突然の沈黙に、雉子も保田准教授も一瞬怪訝な視線を据え、やがて二人は慌ててぼくから目をそれぞれ手にするグラスに転じてほぼ同時に、少し苦く感じられるのかもしれない液体をぐいと喉元に流し込んだ。

ぼくが目線を少し上げて保田准教授の顔を見ると、彼女はこくりと一つ頷き、こちらに来ない？と呟き、ゆっくりソファから腰を上げた。ぼくと雉子は頷き合ってから保田准教授の背中に続き、南側の六畳程の広さの彼女のアトリエらしい一室に歩を運んだ。そこで保田准教授は、照明が煌々と照らされた部屋の一隅の壁に飾られた二十号ぐらいの大きさの絵画を指差した。その絵画はずぶの素人のぼくにさえ何やら見事な出来栄えだということは理解できた。

画面の背景には無数の向日葵の花が咲き乱れ、欅の太い樹木がその中央にでんと聳え立ち、微風が澄んだ光を従えて吹き渡る（ぼくにはそう見えた）樹木の木蔭に一組の父娘らしい顔立ちのはっきりしない二つの影がくっきりとその輪郭を鮮明にして描かれてあった。

保田准教授は長い睫毛を光らせて一分程その絵に視線を据えた後、ぽつりと呟くように言った。

「あたしも泣いたわ、これを観て――」

それから、

「三度泣いたわ。一度目はこれを描きあげたとき、二度目はこの絵をとっておきの額縁に収めてこの壁に飾り付けたとき、そして三度目は夫にこの作品を初めて披露して共に並んで眺めたとき――」

「四度ではないかしら？」

ぼくのすぐ背後に立つ雉子からそんな言葉が発せられた。ええ？　というようにゆっくり保田准教授が振り返った。雉子が間髪を置かずに続けた。

「だって先生、今も泣いてらっしゃる」

ふふ、と保田准教授は苦笑いを洩らして頷くと、ぼくの顔に視線を転じて言った。

「あのときもさっきのあなたたちと同じことが起きたの」

「あのときって？」

ぼくが訊くと、

「夫にこの作品を初めて披露したとき、よ。あたしは泣いたけど、あの人は泣かなかった。さっきのあなたと一緒よ。雉子さんには泣く程の感動を与えた旋律があなたにはぴんと来なかった。そうでしょう。あの人とあたしにもあのとき同じ感受性の隔たりが容赦なく生じたのよ。彼はこの絵を観てもけろっとしていた。その目の光にいかなる感動も感じられなかった。そう、そのときのあたしもさっきのあなたと同じような孤独感、疎外感、そんなものに苛まれていたのよ」

ぼくにちらっと視線を転じながらそう言った後、それきり保田准教授は口を閉ざして下を向いてしまった。

そうだった。たしかにそのとおりだったのだ。さっき雉子の感性の琴線に何らかの刺激を与えたものがぼくの琴線には無縁だったのだ。音羽あずさの奏でるベートーベンに雉子は泣いたがぼくは泣かなかった。音羽あずさの弾くピアノの旋律に雉子は涙したがぼくには雉子と感性を共有できなかった。なるほどさっきのぼくと雉子の感性の隔たりが同じくこの絵を介して保田准教授とその夫の間にも生じたというのだろうが、しかしそれはあくまできっかけに過ぎず、その瞬時の間隔の認識が保田准教授夫妻の離別の原因のすべてではおそらくないのだろう。けれどもその感性のちょっとした違いが時間を経るに従って次第に広がって行き、やがて離婚という最悪の結果に充分な役割を成し遂げたことはたしかなことなのかもしれなかった。だが、今のぼくには保田准教授夫妻の別れの経緯について詮索する権利も資格も、そして勇気もなかった。

他人事ではなかった。保田准教授夫妻がたどった感性のちょっとした相違にまつわる離別までの流れが、ぼくと雉子にも無縁である保証はなかった。やがてぼくたちにも当然考えられる成り行きであることは誰にも否定はできなかった。

それから一時間半後、ぼくと雉子は何度も礼を言って保田准教授のマンションの一室を辞去した。マンションから駅前の商店街までの外灯の光の乏しい舗道を雉子と並んで歩きながら、ぼくはそっと横を歩く雉子の左手を握った。雉子も逆らわずに少しだけ控え目にぼくの右手を握り返して来た。そして、緩い師走の少しも冷たくない夜風の隙間から言った。

「知っていたのね、やはり――」

「あのとき君が泣いたことかい？　最後の演目のベートーベンの楽曲の数小節の部分を聴いたとき――」

「そう」

「そりゃあ気づいていたさ」

「あなたは泣かなかったのね」

「ああ、泣かなかった。退屈で仕方がなかったとは言わないが、何らの感動も僕の感受性は受け付けなかった――」

「はっきり言うわね」

「はっきり言うさ。あのさ――」

それからぼくは、

「僕たちもやがてそんな感性の違いからあの保田先生夫妻のとおり別れてしまうのではないだろうな」

「馬鹿ね。そんなわけがないじゃない。縁起でもない。だいいち絵画と音楽では住む世界が違うわ」

「僕が言いたいのは、今日の君と僕、そしてあの保田夫妻ばかりではなく、世の中の無数の男女の別れの裏側にはそんな理由が実はたくさん介在しているのではないだろうか」

「それはすべてがすべて否定できないけど――」

「そう、特に芸術家同士の男女の別れには感受性の違いのようなものが実のところ大きな要因として横たわっているのではないかということさ。そう、そのことを僕は今日初めて発見したということを君に言いたいんだ」

ぼくと雉子が同棲している世田谷区にあるマンションの五階の一室で、その晩雉子は東側の洋間に据え置かれたピアノでベートーベンを弾いた。無論、さっきM音楽堂で音羽あずさが演奏したあの楽曲の最後の数小節を。

薄く目を閉じて白く長い指先を白と黒の鍵盤に滑らせる雉子の横顔を、ぼくは数メートル離れた場所の絨毯の上に胡坐をかいてじっと見守っていた。雉子の演奏は同じ数小節が四度繰り返され、そして四度目で雉子のぼくの側から見える頬に涙の滴が一筋伝った。

あっ、とぼくは声にならない叫びをあげ、絨毯の上に尻餅を付いたまま思わず身を乗り出した。

やはり雉子は泣いたがぼくは泣かなかった。雉子の聴覚はその感性を刺激したが、ぼくの感性には何らの異変は生じなかった。先程とすべて同じだった。どうにもならない寂しさともどかしさがぼくを不意に襲った。やり場のない孤独感と疎外感がぼくを容赦なく締め付けた。ぼくは四つん這いになりながら震える膝頭を意識して絨毯の上を這って雉子の座るピアノの脚を片手で握り締めた。頬に涙を伝わせたまま雉子が演奏を中断し、ぼくが屈み込む場所の正面に位置した場所で両膝を折った。やはり泣けなかったよ、というぼくに、いいのよ、と雉子は潤んだ眼球を頭上の電灯に輝かせて呟いた。

「中学校のとき、ある音楽教師が言っていたわ。世界人口の八十億を優に超える人がそれぞれ違う感性を持っているって、ね。つまり八十億以上もの違う感受性がこの世に存在しているというわけよ。いわば全方位から無限の感性が常にあたしたちを取り巻いているということ。あなたとあたしの感性もその八十億以上の数のうちの一つに過ぎない。今のあたしに言えるのはそれだけ――」

「それだけで充分さ」

ぼくが言うと、

「今度こそ届けるわ」

「何を？」

「あなたの許に風を届けるわ。あたしの感性が風を吹かせるの」

そして、

「そしたら、そのときはきっとあなたも風を吹かせて、ね。あたしの感性に対等に応えてね。約束よ」

ぼくはただ黙ってその優しい囁きのような淡々とした雛子の言葉を聞いていた。無論、雛子の言葉に真っ向から異議を唱えるわけではなかったが、今日ぼくは新しい、まだ誰もが登攀したことのないのかもしれないある山脈の麓にたどり着いた、決して自惚れではなくなぜかそんな気がしたのだ。

ほどなく雛子の小指がそっとぼくの眼前に差し出された。ぼくはそっと自分の小指を雛子のそれに絡ませた。雛子の小指の先はとても冷たかった。

2

翌日のきっかり六時、毎朝の決まった時刻に目覚めたぼくが着替えをして洗面所から食堂兼台所の一室に顔を覗かせると、水玉模様のエプロン姿の雛子が楽しそうにフライパンを片手に朝食を作っている姿が見えた。今日と明日の朝食当番は雛子だった。

おはよう、と言ってぼくは自分の決められた席に腰を下ろした。今日の朝食の献立はスクランブルエッグにベーコン焼き、黒糖入りのロールパンに海藻サラダ、そしてコーヒーだった。おはよう、と背を向けたまま返答した雛子もやがてエプロンを外してぼくの向かい側の席に着き、二人は、いただきます、と同時に言って両の手の平を合わせた。次の瞬間、ふとテーブルの端を見ると、白い封筒の上に雛子の書きかけらしい履歴書が載せられているのがぼくの目に入った。

「どこに提出する履歴書？」

ぼくが訊くと、

「今度ピアノ教師として勤務する音楽教室よ」

雛子は言って、

「だけどそれに貼る自分の顔写真がどうしても気に入らないの」

「どう気に入らないの？」

「あたし、あんなにひどい顔をしていないわ。だいいち写りが少し悪過ぎる」

そして、

「ねえ、こんな話を知っている。ある文芸評論家がラジオ番組で言っていたんだけどさ。写真に写った顔にふだんの顔と全然違う印象を覚えるのは、単にアングルや光線の歪曲だけのせいじゃないってこと——」

「何、それ？」

「悪魔よ。自分の内面に巣くっているもう一面の悪魔の顔なのよ。嫉妬、傲慢、短気、神経質、怠惰、そんな人間の短所が悪魔に姿を変えてシャッターを切った一瞬の間に表に写るんですって

──」

「ふうん」

ぼくは頷き、

「では、写真写りが悪いってことはその人間の性格が破綻しているってわけかい」

「破綻というのは少し大袈裟だけど──」

朝食を食べ終わるのとほとんど同時に、背後の食器棚の前に置かれた携帯ラジオからラジオ体操の音楽が流れ始めた。ぼくたちは隣接した奥の六畳のリビングルームのわずかな隙間に移動して、両手両足を無理なく動かす一日の活動の源となるウォーミングアップを開始した。これもぼくと雉子の毎朝の日課だった。ラジオ体操の時間が終わると、リスナーからのリクエストによって構成された、主に唱歌や外国民謡を流す三十分の歌番組の時間だった。今日の一曲目はある有名なイギリス民謡で、ディスクジョッキーの紹介によって都内の児童合唱団のコーラスでその曲は流された。

再び食堂の卓に向かい合って二杯目のコーヒーを今度はブラックで飲み始めたぼくたちの耳に、清澄としか表現のしようのない穢れのない少年少女たちの歌声が朝の空気の中を軽快に踊り始めた。何だかぼくは楽しかった。あんなことがあった昨日の今日だというのに、ぼくと雉子の感性の乖離、感受性の共有の限界を目の前に突き付けられた日の翌朝だというのに、ぼくの胸のどこにも昨晩のようなもどかしさは見出せなかった。そしてぼく同様、雉子もそんなぼくの昨晩の淡い絶望感などどこ吹く風というように、ふんふんと鼻歌を洩らしながら朝刊の紙面をゆっくり眺めていた。

そう、目下のぼくたちは今ある曲にたしかな共感を覚えていたのだ。そのイギリス民謡の心地好い旋律に同じ程度の量の刺激でそれぞれの感性をくすぐらせていたのに違いない。ぼくはコーヒーの黒い液体で唇を湿らせながらその旋律に耳を澄ませ、雅子は新聞をめくりながらぼくと同じような感動をたしかめていたのに違いない。ぼくたちはある韻律をまさしく共有していたのだった。

それなのに昨日はなぜあんなことが起きたのか。雅子の聴くベートーベンとぼくの聴くベートーベンはどうしてあんなにも異なっていたのか。雅子に一筋二筋の涙をくれたベートーベンはなぜぼくにはそれをくれなかったのか。互いに同じ青春を満喫しているはずだと信じていたぼくと雅子に、なぜベートーベンは音楽の感受性にまつわるあんな試練を投げ与えてくれたのか。他人からすればほんの些細なぼくたちの感性の隔たりが、ぼくにとってそれは重大なゆゆしきことだったのだ。いくら今朝の気分が昨晩と打って変わって優れていると言っても、ぼくのこの疑念と悔しさが跡形もなく半永久的に胸の底から消えるということはないのかもしれない。

学生の分際ながらぼくと雅子が一緒に住み始めてからもう半年になる。幼馴染のぼくたちは同じ大学の同じ学科に入学してからも付き合いを絶やさず、友達付き合いが少しずつ月日を数えるにつれて恋人付き合いに変わり、そしてそのうちにときおりぼくは彼女の、学生にしては少し間取りの広いマンションで寝泊まりするようになるまでそうは長くはかからなかった。ある日学食でカレーライスを食べながら、ぼくが自分の安アパートの劣悪な環境を罵り、雨天の日は容赦なく雨漏りがし、夏は蒸し暑く強烈な西日が部屋の中に差し込み、冬は冷たい隙間風に悩まされていると雉子にこぼしたとき、彼女はこう言ったのだ。

「それじゃあ、あたしの部屋に来る？」

その意味が咄嗟にぼくにはぴんと来なかった。それまで数え切れない程雉子の部屋に寝泊まりし、同じ朝を迎えていたというのに、「それじゃあ、あたしの部屋に来る？」という言葉はどういう意味なのだろう。一緒に住もうということなのか。はたしてそう提案しているのか。その誘いは、女の立場である雉子にとって精一杯の求愛の表現なのか。生後まもない頃両親の離婚という現実を突き付けられた一人っ子の彼女は、あるいはぼくに同居の兄弟の代わりにでもなって貰いたくてそんな言葉をぶつけて来たのだろうか。そしてある日の晩、不意の驟雨の襲撃に遭ったぼくたちはずぶ濡れになって慌てて雉子のマンションの部屋に駆け込み、ぼくはそのとき雉子から少し大きめのトレーナーを借りた。それが同棲の始まりだった。それが二人の共同生活の発端のすべてだと言ってよかった。

雉子の当時の親権者であった父親、遼平さんという名前だが、彼は売れない詩人だということだった。若い頃から今も静岡市内の予備校の講師をしていて、一方雉子を産んだ亜由美さんという女性は離婚後ずっと今日まで銀座のブティックの店員として働いているということだった。両親とも稼ぎのあまりぱっとしない割には雅子がぼくと同棲できるだけの広い間取りのマンションに住めるのは、北陸に居を構えてT銀行の元頭取という地位にあった父方の祖父の惜しみのない援助のためであるらしかった。

そのとき、あっ、と言って雅子が目を細めて新聞の紙面に顔を近づけた。どうしたい？　とぼくは身を乗り出して雅子の視線が下方に向けられている先の字面を意識した。

「金子講師が自殺したわ！」

雅子は言って、少し顔の表情を歪めた。

「自殺？　金子講師ってあの小説家の金子次郎かい」

それから、

「自殺とはっきり記事になっているの？」

「自殺か、という疑問符は付いているけど、たぶんそうでしょう」

「なぜまた――」

金子講師とはぼくと雅子が通う芸術学部の文芸学科で小説の作法などを担当している、若い頃はあの有名なA賞の候補に幾度か名を連ねた小説家だった。新人賞を受賞してその同じ短編がA賞の候補に挙げられて話題になった若い頃に比べて、最近の金子講師の活躍ぶりは泣かず飛ばずではっきり言ってあまりぱっとしていないことはぼくも幾度か耳にしていた。しばらく新しい作品が文芸誌に掲載されてはいないようだったし、売れない小説の執筆だけでは食べて行けないという理由でぼくたちの学部の講師に着任したのだという噂もあった。

「僕、彼に教わったことがあったよ。教養課程で『文芸論』を選択したとき一、二度ぐらい小論文を褒めて貰ったことがあったな」

ぼくが言うと、

「褒められたことはなかったけど、あたしもその『文芸論』は選択していたわ。何度か講義の合間に口を利いて貰ったこともあった――」

「それじゃあこのまま知らん顔はしていられないな」

「そうね」

ぼくたちは朝食の後片付けもそこそこに早速江古田にあるぼくたちが在籍する大学に駆け付けた。

敷地内に足を踏み入れると、運良く高校の同級生で文芸学科に在籍していて金子次郎のゼミナールの一員でもある相原がすぐ先を歩いていた。ぼくの呼び掛けに相原は振り返り、ぼくたちはやがて三人で連れ立って文芸学科の大教室のある西校舎に向かって歩き始めた。周囲を歩く学生たちの間からは、どことなく金子次郎の自殺の話題があちこちでひっそりと飛び交っているらしく、どの学生の表情もどことなく曇っているようにぼくには感じられた。

ほどなく文芸学科の校舎の前で相原は行き交った同じゼミ員らしい男子学生と何か一言二言言葉を交わすと、振り返ってぼくたちの方に急いで歩み寄って来た。相原は言った。

「やはり自殺だってさ。自分の書斎で昨夕首を吊ったらしい。お通夜は今晩だとよ。君らも行くかい？」

もちろん、と呟き、ぼくと雉子は同時に頷いた。午前中には生憎講義の予定がなかったぼくたちは、西校舎の地下にあるラウンジでお茶を飲んだ。まだ朝の早い時刻のせいかラウンジ内には学生の姿は疎らで、だが数少ない客の間からは金子次郎の訃報の噂ばかりが囁かれているみたいだった。ほどなくぼくは相原に訊いた。金子先生は今どんなものを執筆していたのかな、とさり気なく訊いた。知らん、と素気なく相原は言った。

「知らんって、あなたは金子先生のゼミに所属しているのでしょう」

雉子が言うと、

「彼のゼミ員だからといって彼の小説の愛読者だとは限らないさ」

たしかにそのとおりだった。そして、他のゼミ員もそうなのかとぼくがすかさず訊くと、

「そのとおりだ。何となく惰性で金子のゼミナールに所属している奴ばかりだよ。金子は点が甘いという噂に期待して、ね。奴の小説に根っから関心を持ってゼミ員になった学生なんていないよ」

「売れていなかったらしいな。金子次郎の小説――」

ぼくは言って、

「相当貧窮していたという話だぜ」

「純文学の執筆だけでは収入にならないからここの大学の講師なんかやっているという意地悪な

ことを言う学生、いや、世間の人もいるというけど本当？」

雄子が訊くと、

「ああ、それは間違いがない。最近では、金子は自分の講義の教科書には必ず自分の小説の著書を使うんだ。うちはマンモス大学だからな。奴の授業を選択している学生全員に著書を買わせて少しでも多くの印税を稼ごうって腹だ。そこまで追い詰められていたことはたしかだな」

ぼくたち三人は、その後の午後の講義が終わるのを待って金子次郎の笹塚の邸宅に足を運んだ。駅の改札口からたくさんの乗客の塊と共に外に吐き出されると、嫌に赤く爛れた平たい雲が行く手の街並の頭上で風にゆっくり水平に動いているのが見えた。辺りがとっぷり暮れるのもそう長い時間は要しないと思われた。京王線のその駅から徒歩で五分程の場所にある金子次郎の邸宅はお世辞にも豪壮な印象をぼくに与えなかった。一年間に一本あるかないかの純文学の中編小説の注文だけでは生活して行けないという事情のせいか、金子の貧窮ぶりがぼくにもどことなく推察できた。生垣で囲繞された建物の玄関口では黒い衣装を身に付けた葬祭会社の関係者らしい男女がせわしげに行き来していた。

ぼくたち三人は木製の門塀の向こうの石畳を縦に並んで歩き、玄関口で一礼してから内部にゆっくり身を移動させた。線香の匂いの漂う廊下を静かに歩き、通夜が午後六時から始まる旨の張り紙が垂れ下がった壁際に沿って祭壇が置かれた居間に顔を覗かせた。故人の遺影がまずぼくの視野に飛び込んで来た。ぼく、相原、雄子の順番で焼香し、祭壇のすぐそばで並んで座る三人の金子次郎の遺児らしい子供たちを横目で見ながら、ぼくたちは通夜が執り行われる時間までのわずかの間を外に出て待つことにした。廊下を再び出口に向かって静かに歩き始めたとき、ぼくの目はその一角に立つ一組の男女の姿をとらえた。事務的な口調で囁くように質問しているのが新聞記者で、質問されている女が金子次郎夫人なのだということがぼくになぜかぴんと来た。当然ながら少しやつれた感じの喪服姿の夫人は、記者の問いかけに迷惑そうでもなく、どころか至極丁重な口調で手短に答えていた。先に戸外に出た雉子と相原の背中を見送った後、ぼくはさりげなく足の前進を停め、悪戯心もあって記者と夫人の問答に耳を傾けた。足元を気にするそぶりをして身を屈めながら。

「最近、ご主人はどんなものをお書きになっていたのですか？」

夫人は記者のそんな質問に、ほつれ毛を右手の指先で控え目にかきあげながら、

「存じておりません」

「ご主人の小説を読んだことはあるでしょう？」

「いいえ、ありません。興味がないのです」

「でもA賞の候補になった作品ぐらいは知っているでしょう」

「知りません」

「なぜまた――」

「主人の精神世界に随いて行けなかったからです」

「精神世界?」

「はい、主人と私とでは住む精神領域がまったく別次元の位置にありましたわ」

そんな夫人の言葉に首を捻って素早くメモを取る記者の横を通り過ぎながら、ぼくは、その夫人の「精神世界」という言葉に思わずぎょっとなった。それら「精神世界」やら「精神領域」という言葉に、ぼくは昨日のぼくと雉子の音楽の聴き取り方の共通点の限界に通じるものを感じた。それらの言葉は、そのまま音楽の場合だと聴覚が与える感性や感受性という言葉に置き換えることができるような気がしたのだ。その刹那のぼくにはそれから先の観念の順序立てについてうまく頭の中で整理がつかず、どことなく自分を襲った動悸と軽いめまいが通り過ぎるのを待ちながら掃除の行き届いている廊下をただゆっくり歩くのが精一杯だった。

戸外に出ると、雉子が開口一番、

「自殺した人の通夜ってあまり気味のいいものではないわね。不謹慎ないい方だけど、あたしには少しだけ気持ちが参るわ」

「それは誰だってそうさ」

そう言った相原が、

「それにしてもさっき廊下で金子の奥さんらしい女の人に何やら質問していた新聞記者らしい奴、通夜の始まるこんなときに礼を失しているな。だから俺はマスコミが嫌いなんだ」

通夜が終わり、ぼくたち三人は祭壇のすぐ前に座る夫人にそれぞれ一礼して金子家を辞した。

そして、ゆっくり駅までの夜の舗道を歩き、やがて少し遅い夕食を取るために駅前の小さな洋食屋に入った。偶然そこで、新聞部の部員でデザイン学科の山根と音楽学科の高見沢教授が向かい合って生姜焼き定食を貪るように口に運んでいた。二人共先程の通夜の帰りらしかった。山根はたぶん新聞部の記者の代表として金子次郎の死去の記事を書くために取材に来ていたのだろうし、高見沢教授は学部内の同僚とも言える金子の逝去を悼んで通夜に出向いて来たのだろう。

ぼくたちが二人の座る隣の卓に席を取ると、高見沢教授がフォークの動きを停めて、ぼくたちに細めた目を不躾に向けて来た。高見沢教授は音楽学科の教授として教鞭を取る傍ら都内の中堅の交響楽団の常任指揮者を引き受けている六十年配の紳士だ。つい最近もその楽団の定期演奏会でタクトを振ったばかりであることはぼくも知っていた。相原がその演奏会の指揮ぶりについて愛想よく質問すると、なっとらん、と高見沢教授は一言憮然とした面持ちで言った。

「まったくなっとらん。私の指揮棒からのオーラが一人一人の楽団員たちのそれぞれの楽想に全然通じておらん！」

高見沢教授に言わせると、タクトから発せられる電光のようなものがどの楽団員にも命中しておらず、その要因はタクトを発する指揮者にではなくそれを受け止める側にあるのだと主張する。なぜその電光が楽団員さんたちに命中していないとわかるのですか、と雅子が訊くと、各奏者たちの目を見ればすぐにわかる、と無表情で教授は言った。チェロやバイオリン、そしてクラリネット、フルート、オーボエ、トロンボーン、トランペット、チューバなどのどのパートの奏者の目を見ても自分のタクトにまったく反応していないことが一目瞭然に高見沢教授にはわかるのだという。長年の勘で奏者たちの反応が自分のタクトを振る指先にまったく届いていないことがわかるのだという。どいつもこいつも演奏中の目は死んでいる、響音の渦巻く世界の中で生きている奴の目ではない、と続けて高見沢教授は言った。わかるのですか、そういうことが、と相原。当たり前だ、と教授。奏者たちのどいつにもこいつにも俊敏性というものがない。私のタクトから迸り出る光線を受け止める俊敏性が無に等しい！

そう愚痴った高見沢教授の言葉を聞いて、ぼくは、ああ、ここにも一人自分と他者の感性の隔絶について悩んでいる人がいるな、と思った。無論、昨晩のぼくの場合と同じように、教授は感性のことを言っているのだ。自分の楽想の起点となっている感性に随いていけない楽団員たちの不甲斐の無さを嘆いているのだ。ぼくは、ほぼ確信に近い感慨を抱いて胸の奥だけでこう叫んだ。ああ、ここにも金子次郎夫人の言った「精神世界」での共有の限界に困惑している一人の芸術家がいる！

ほどなく後からこの店に入ったぼくたち三人にウエイターが冷水の入ったグラスを三つ運んで来た。ぼくはオムライスとオニオンサラダ、雅子と相原はポークジンジャー定食を注文した。頷いてウエイターが卓のそばから去ると同時に、天井の音響スピーカーからあるクラシック音楽が突然流れ始めた。たぶんシュトラウスの何とか円舞曲というタイトルの楽曲だったと思う。

咄嗟にぼくと向かい側に座る雅子が顔を見合わせた。そうだった。今朝と同じように、ぼくたちの音楽を聴く感性は同じ領域の中に辛うじて位置していた。今朝ラジオからあるイギリス民謡を聴いたときと同じように、昨日の聴覚が訴える容赦のない感受性の隔絶からは無縁だったのだ。何だか昨晩から音楽を耳にするたびに、ぼくと雉子には視線を合わせて同じ領域の感性の中にいることを確認し合う癖がついたようだった。けれども、そのことはぼくには何やら無性に頼もしかった。孤独感や疎外感の外にいることができた。

やがて、高見沢教授の横の席で黙ったまま生姜焼きの豚肉をフォークで口に運んでいる新聞部の山根に、

「ちゃんと記事が真相を得たものになりそうかい?」

以前から山根と知り合いだったらしく、どことなく馴れ馴れしい語調でそう訊いた相原に、

「真相も何も金子先生の自殺は規定の事実だよ」

料理の皿から目を離さないで山根がそう答えると、

「自殺はわかっているさ。だから自殺の原因の真相だよ」

「貧困に追い込まれたことが原因であることは疑いがないよ」

「何かメンタル的な要因は?」

さらに相原が訊くと、

「さあ、そんなご大層な理由ではないな。小説の執筆の注文はさっぱり来ない。原稿料はここ数年の間は雀の涙、一介の大学講師の収入などたかが知れている。女房と三人の子供を養って行く

甲斐性がない。不安が雪だるま式にふくれあがる。そして、――やがて将来に絶望する。まあ、そんなところではないのかな」

「そんなふうに記事にするのか」

「まさか。そう露骨には書かないよ。記事にするのは事実だけ。金子講師の死去のニュースだけ。首吊りなんてことも無論書かないよ。N大新聞には数行の文章だけで済ますと思う」

「遺書はなかったのか」

「今のところは見つかっていないそうだ。さっき夫人に図々しく詰め寄っていた記者に聞いた」

「純文学ってそんなに原稿料が少ないものなの？」

雉子が誰にともなく訊くと、

「まあ大衆文学などと比較すると稿料は少ないね。金子くんも幾度か生活の貧窮から執筆分野を中間小説に向けて行くことを考えたこともあるらしい」

高見沢教授がグラスを唇に寄せながら言った。

「しかし、純文学作家には大衆小説作家とは違う独特のプライドがある――」

ぼくが生意気にもぽつりとそう言うと、

「まあ、そんなところかな――」

高見沢教授がうっすらと目を閉じて掠れ声で呟いた。

その教授の横顔を見て、ああ、この人には金子次郎に対するそれ以上の詮索欲がないのだろうか、とぼくは思った。つまり単なる貧窮や生活苦に対する絶望だけで死を選んだのだとあっさりこのまま片付けてしまっていいのだろうか、と。もっと形而上学的なものにジャンルは別にしても同じ芸術家としての目を向けられないものだろうか、と。ぼくだってそんなにえらそうなことは言えないが、どうにも先程耳にしてしまった金子家での記者と金子夫人との問答が鼓膜の奥に彷徨って仕方がなかった。夫人の口にした、そのまま感受性という言葉に通じる「精神世界」や「精神領域」という表現が的を得たものであるのならば、貧窮と生活苦からの縊死は否定できないにしても、繰り返すがもっと形而上学的な要因に目を凝らしてもよいのではないかと掛け値なくぼくは思ったのだ。だが、頭の悪いそのときのぼくには、それ以上の頭の中での整理は残念ながらつかなかった。もう少し時間が欲しかった。たぶん後一時間か二時間ぐらい——。

全員の食事が済むと、ぼくと雉子は、これから下北沢の酒場を数件回るという相原、高見沢教授、山根と洋食屋の前で別れて彼らとは反対側の方向に向かって舗道をとぼとぼ並んで歩き始めた。相原は故人のゼミ員でもあったし、金子次郎を偲んでしんみり酒を飲むという彼の提案にほかの二人が従ったというかたちだった。ぼくたちは少しして笹塚駅から京王線で新宿に出て、雑踏に揉まれながら無言のままぼくたちの住むマンションの最寄り駅のある私鉄に乗った。混雑した電車の中の吊革に摑まりながら、ぼくはじっと金子次郎の自殺の原因を考え続けていた。何度も言うが彼の縊死した形而上学的心因を視線の先で懸命にとらえようと暗中模索の状態だったのだ。窓ガラスには、ぼくの歪んだ顔の横にショートカットに切り揃えた前髪が素敵な雉子の細面の顔が映っていた。雉子はときおり思いつめた表情をしているぼくに気遣わしげな視線を当てていた。

それから三十分程して電車がぼくたちをマンションのある最寄り駅に運んだ。駅前には人気はなく、閑散とした改札口前の広場を横切り、ぼくたちはやがて左手に見えた小さな公園の煉瓦塀に沿った一角に到着した。ねえ、と雉子が言った。

「すぐに帰らなくてもいい？」

「今、何時だい？」

と、ぼくが訊くと、

「まだ八時前よ。少しだけ公園でブランコに揺られて行かない？」

「それはいいけど、いったいどうしたんだい？」

「さっきからのあなたの顔、何だか恐い――」

そして、

「公園の薄闇の中で、その恐い顔を一刻も早く優しい顔にしてちょうだい。その後部屋の電灯の下であなたの柔和な顔を見て安心したい」

「そんなに恐い？」

「ええ、とっても――」

「今朝、君が言った僕の中の悪魔が顔を覗かせているんじゃないかい」

そんな冗談を言うと、ぼくは苦笑してゆっくり公園内の敷地に足を踏み入れた。雉子も黙ってぼくに随いて来た。電車に揺られている間、次第にぼくの頭の中で金子次郎がなぜ自ら死を選んだのかという疑問に対しての真相が整理できつつあった。雉子と並んでブランコに揺られながらぼくのこの思いをすべて雉子に吐露すれば、この敷地内を支配する薄闇の中でぼくのこの「恐い」顔は少しずつ優しい顔に変異して行くのかもしれない。悪魔は少しずつ影を潜めて行くのかもしれない。

「さっき、僕は聞いてしまったのさ、金子夫人が記者に言っていた言葉を――」

ほどなく並んでブランコに揺られながらぽつりとぼくは誰にともなく言った。すぐ頭上の外灯の電球の周囲には無数の羽虫のようなものがぐるぐるとせわしく旋回していた。

「夫人の言葉って？」

訊いた雉子に、

「『精神世界』だの『精神領域』だのって、夫人は抑揚のない語調でそんな言葉を記者に発していたんだ」

金子次郎の縊死はたしかに世間では貧困と生活苦として片づけられるだろう。だが、ぼくには今一つぴんとは来ていなかった。たしかに昨日の音羽あずさのピアノ・リサイタルでのあのベートーベンの一件がなかったら、当然ぼくもそのような世間や記者や山根たちのような見方に何の疑いも抱かなかっただろう。だから収入の不安定な自由業は恐いのさ、という世間一般の嘆息に同意していただろう。純文学作家ぐらい金に縁のない稼業はないのさ、という同業者たちの感想と溜息に無言の頷きを惜しまなかっただろう。そして、将来の道としてたぶんに賭博性のある芸術的分野には学生時代だけでおさらばし、卒業後は堅実な勤め人になることを決意したのかもしれない。

けれども、やはりぼくの見方は少しばかり違っていた。相原の言うように、金子次郎の作品は自分のゼミナールの学生たちにさえ昨今は一抹の関心も持たれてはいなかった。いや、N大芸術学部の文芸学科の学生たちにだけではなく、一時期は熱烈に支持していたはずの読者層からも、さらに世間からもその昔A賞の候補に幾度か挙げられた彼は最早相手にはされていなかった。しかし、しかしだ。それらの事実は事実として、ひょっとして彼の首吊りの要因は、夫人の「精神世界」やら「精神領域」という言葉に象徴されるように、彼が精魂を傾けて生み出した膨大な作品群の基になった感性と感受性に対する周囲からの無理解が彼を死に追いやったのではないか。

そうだった。金子次郎の直接の縊死の動機は生活苦などという表層的なものではなく、自分の感性のやりきれない孤立感に耐えられなくなったからなのではないか。自分の繊細な感性を誰にもわかって貰えないというどうにもならない絶望感からなのではないか。

それはぼくの独り合点かもしれなかったが、昨日のベートーベンの一件を経験していたぼくにとって、彼の死因は生活苦からではなく、そう、幾度も言うが感性と感受性という形而上学的なところにあるのではないかという気がしてならなかった。無論生活苦もその要因であることはほぼくも否定しない。しかし、それよりもずっと次元の高いほかの誰にも理解できない範疇にあったのではないか。金子次郎も、きっと昨晩のぼくようにかなり長い間感性と感受性の孤独感と疎外感に苦しんでいたのではないか。

あくまで僕の独り善がりの想像かもしれないけど、とぼくはぽつりと横で緩い夜風に吹かれながらブランコの控え目な揺れに身を任せている雉子に囁くように言った。

「たしかに、作家さんたち、特に純文学の作家さんたちはそれなりの貧窮の覚悟は持っていると思うわ」

雉子は言って、

「そして、それを乗り越える精神力をもきっとひっさげてその世界に飛び込んだのだと思うわ。そうじゃなくて？」

「そのとおりさ。金子先生だけにそれがなかったとは僕だって考えたくはないんだ」

それから、

「でも、それだからこそ金子先生の死の原因はもっと深層的な領域から発せられていると思うんだ」

そしてぼくは、

「金子先生はほかの誰もが追随してくれない自分の感性、そう、感受性に絶望して死を選んだんじゃないかな」

「感受性に絶望?」

「そうさ」

「なるほど、ね。どんな人でもそれぞれの感受性の疎外感のようなものに苦しんでいるのかもしれないわね。それはたぶんあたしだって――」

「僕だってきっとそうさ」

昨晩からのぼくは少しどうかしていると雉子から言われそうだったが、それでも今のぼくには金子次郎の死を選んだ気持ちが何となくわかるような気がした。いや、せめてぼくだけでもわかってやらなくてはならないと思った。昨日のベートーベンにまつわるぼくと雉子の感性のどうにもならない隔絶感と距離感にとらわれているぼくであると指摘されても、ぼくのこのこだわりは誰にだって、無論雉子にだって譲れないだろうと思う。

気がつくと公園内を横に滑るように流れる夜風はすっかり冷たくなっていた。頭上から砂だらけの地面を照らす外灯の人工的な光がぼくたちの園外のあらゆるものからの距離を一層際立たせていた。

さあ帰ろうか、とブランコから砂場に降りたぼくは雉子を促しながら、人間の世界にはいろんな別れ方があるのだと思った。いや、なくてはならないのだと思った。あっていいのだと思った。世界での優に八十億を超える人口と同じ数の異なる感性が実存する以上、単にそれぞれの当人にしかわからない深層心理の悪戯での別離は存在するのだと思った。それは男女の別れであったり、所属する音楽団体との別れであったり、そして生との別れであったりもするのだ。保田准教授夫妻の絵画を鑑賞するそれぞれの視線のとらえ方の相違からの別れ、ほどなく交響楽団の指揮者の地位を放擲する可能性のある高見沢教授のタクトに対する楽団員たちの無理解からの別れ、さらには金子次郎の自分と周囲の感性の不一致に絶望しての生との別れ、いろいろな別れ方があるのだと心底思った。

なぜかそんなことに目が行くようになった昨日からのぼくは、ほんの一歩二歩だけ大人になったような気がした。と、同時に、昨日からの自分はかなりどうかしていることは否定できないとも正直思った。

3

三日後の正午の時報のサイレンがK市役所の庁舎から響き渡ったとき、ぼくと雉子は東庁舎前の広場にある噴水を背にした縁石の一角に座っていた。必修科目である午前中のピアノ伴奏法の授業を終えた後、ぼくたちはふらりと目的地の中間地点にあるこの場所でアンパンとパックに入った牛乳を手にして頭上の淡い師走の太陽の光に目を細めていた。

ぼくたちは、さっき学食の売店で購入した簡単な昼食の後、保田准教授の個展会場に出向くところだった。会場はそこから歩いてわずか五分程の場所にあり、午後からは実技も座学の授業もないぼくたちは特に急ぐ理由もなく、やがて会場となったR画廊の入居しているHビルにゆっくり歩を運ぶところだった。ぼくたちが肩を寄せ合って座る背後では、健康的な日差しの粒子に煌めいた噴水からの細かい水滴がぼくらの背中に控え目に飛び散っていた。それがまた不快ではなく、冷たくもなく、これから保田准教授の作品群を目にするぼくたちを祝福しているような気がした。なぜ祝福されるのかはわからなかったが、ここ数日のぼくのもやもや感を払拭してくれる予感を噴水の飛沫はぼくにそっと教えてくれているのかもしれなかった。

ほどなく市役所の正面玄関の辺りからあるメロディーが歩行者たちの耳に流れ込んで来た。ぼくも雉子も知っているロシア民謡のある楽曲だった。そのときのぼくはただその旋律の美しさに心を奪われていた。横に座る雉子もうっとりと先程と同じように目を細めてその旋律に聞き入っているように見えた。いい音楽だね、とぼくが呟くと、そうね、と雉子が囁くような小声で賛同した。そう、そのときのぼくたちも同じ旋律に対して感性を同一のものとしたのだ。雉子が感動で泣けばぼくも泣いたし、雉子が感激で笑えばぼくもやはり声をあげて哄笑しただろう。そこには感受性の手の施しようのない隔たりなどなかった。孤独感も疎外感もぼくには無縁だった。先日の音羽あずさが弾いたベートーベンとは違い、今ぼくと雉子はあきらかに同じ感性を共有していた。ずっとこうならいいのにな、とぼくは素直に思った。この感性の共有をできれば永遠のものにしたかった。先日のベートーベンの楽曲のときのような自分の感性だけが置いてきぼりの思いは二度と御免だった。

ぼくはたまらず左手で雉子の右手をそっと握った。感性の共有をそうすることでたしかめたい衝動に駆られたのだ。雉子も優しくぼくの手を握り返して来た。そうしてぼくたちはしばらくそのロシア民謡の旋律を共有し合っていた。手を繋いでいるぼくたちにときおりそばを歩く通行人たちが不躾な視線を飛ばして来た。何、構うものか、とぼくは思った。この数日間ぼくを悩ませて来たこの孤独感と疎外感はそんじょそこらの凡人などには到底理解できないものだと開き直りたい気持ちだった。正午を告げるサイレンの後に日課として必ず流れるロシア民謡の放送が終わると、やがて雉子がぽつりと言った。

「何も絶望的になることはないと思うわ」

そして、

「やはりあたしとあなた以外の人の楽想に浮かんだ旋律に同じ感性を発見できなかったからといって、そんなに絶望的になることはないと思うの」

雉子はこうしてときおり常人ではすぐに理解できない言い回しをする。そのときのぼくもそれを理解するのにちょっぴり時間がかかった。時間、と言ってもほんの数秒ばかりのことだったが。ほどなくぼくは言った。

「既存のものに感性の一致を見出すことの限界を君は言っているの？」

そうぼくが雉子の、太陽光線のせいか少しだけ紅潮して見える横顔に上半身を向き合わせて訊くと、

「そう。ベートーベン、いいえモーツァルトでもバッハでもいいわ。そんな偉大な楽聖たちに頼っていてはだめなのよ」

そんな雉子の言葉に、

「だからどうするというの？　僕にはわからないな」

「既存のもので感性の一致を実現させることが土台無理な話なのよ。そろそろ行きましょうか」

行きましょうか、と言って縁石から立ち上がった雉子が何を言いたいのかぼくにはよくわからなかった。いや、理屈はわかった。既存のものでだめならばぼくたちが自ら作ったものでそれを実現させるべきだと言いたいのか。そう訊こうとしたぼくも続いて立ち上がったとき、何となく不機嫌そうな背中をこちらに向けて、雉子は癖のある歩き方でさっさと市役所を取り巻く広場から街路樹が濃い影を落としている舗道の隅に差しかかるところだった。待ってくれよ、とぼくは言って、アンパンの袋と牛乳のパックを手にして彼女の後を追った。

保田准教授の個展会場はすぐにわかった。赤い看板を掲げた大きなドラッグストアとこじんまりした洋品店の間の舗道を百メートル程歩いた先に、R画廊のあるHビルが十二階建ての壮大な影を舗道上に注ぎながら聳えていた。ぼくたちは連れ立ってエレベーターの箱の中に身体を入れ、五階で箱から吐き出されると、すぐ目と鼻の先に保田准教授の個展会場の場所を表示する白い札が立てられていた。入り口際に設えた受付場所でぼくと雉子は記帳を済ませ、快く出迎えてくれた保田准教授の誘導で順路に沿って視線を水平に彼女の作品群に滑らせて行った。途中でぼくも雉子もふと足を停めた。そこに先日保田准教授宅を訪問したときに目にした例の二十号の絵が飾られているのに気がついたからだ。保田准教授も立ち停まって振り返り、やがてぼくたちと並んでその自分の絵を眺め始めた。

その絵が発するオーラに対する保田准教授とその夫の受け止め方が夫妻の破綻の発端になったのだとぼくは解釈していたし、保田准教授もそれをほのめかす発言をしたのも事実だった。画面一杯に強引とも思える惜しみのない大胆な筆致の仕方で向日葵が無数に描かれ、欅の樹がその彩りにあるアクセントを配し、その木蔭には一組の父娘の影が繊細な筆使いで描かれているその絵画は、当然のことながら先日ぼくたちが目にしたときと少しも変わらなかった。やはり保田准教授は、この絵の鑑賞の仕方の違いが夫婦を別れに導いたのだと言いたかったのだ。この絵を観て三度も涙を流した保田准教授に反してその夫は何の感慨も抱かない無味乾燥の表情をしていたのだという。保田准教授は泣いたがその夫は泣かなかった。無論そのことだけで即夫婦の絆の崩壊に繋がったわけではないだろうが、その感性の一致の限界が次第に男女の亀裂に拍車をかけて行ったのだと保田准教授が信じているのならそれはおそらくそのとおりなのだろう。保田准教授の言い分は少しの誇張もないのだろう。

ぼくのそんな推測を裏付けするように、保田准教授はしばらくの間眼前の自分の作品を無言でその潤んでいるのに違いない瞳に映していることをぼくは想像した。ぼくも雉子もじっと保田准教授の手掛けたその向日葵の大胆な彩りを描いた絵画に視線を据えていた。

はたして保田准教授にとってその絵は自分の制作歴にとってどんな立ち位置を意味すると考えているのだろう。もしも本当に夫との絆の亀裂を招いた絵ならば、どうして後生大事にしているのだろうか。思い切って燃やしてしまえとまでは言わないが、わざわざ自分の個展会場にまでこの作品を展示しておく心情がぼくにはちょっと理解できなかった。だってそれが夫婦の別れのきっかけになった創作物ならば、それは不吉、と言うと言い過ぎだが保田准教授にとってやはり眉唾物の産物であることは間違いのないことなのだ。それを大事に保存している保田准教授は、やはり別れた夫に未練を抱いているのだろうか。その絵を杖にして復縁のきっかけでも模索しているのだろうか。ぼくにはそうとしか考えられなかった。雉子の感想はどうなのだろう。

ああ、ここにも感性の不一致が存在しているな、と思った。ぼくが先日ベートーベンにまつわる雉子との感性のやりきれない不一致を保田准教授に打ち明けたとき、彼女が少しばかりのためらいの後この絵を披露してくれたというのも、やはり彼女がぼくの当時の孤独感と疎外感を充分理解してくれたからなのだ。彼女もそのときはぼくと同じ類いの懊悩の渦の中できっと救いのない心情でいたのだろう。そうだ。きっとそうに違いないのだ!

ぼくがそんなことを確信に近い思いで結論づけていたとき、不意に雉子が口を開いた。さっきも彼に言ったことなのですが、と雉子はぼくの横顔から保田准教授のそれに視線を転じて言った。

「例のベートーベンの件、先生も聞いていますね」

「聞いているわ」

向日葵の絵に視線を吸い寄せられたまま保田准教授が頷いて呟くと、

「やはりベートーベンに頼っていてはいけないんです。ベートーベンなどには頼らず、あたしたちはあたしたちで自らの感性を磨く努力をしなければいけないと思うんです。あたしと彼とで同じ感動を味わいたいのならば、既存のものに縋っていてはだめなような気がするんです。うまく言えないけど、ベートーベンやモーツァルトやバッハに頼っていたのではいけないんです」

さっき噴水の前で言ったのと同じようなことを雉子は一気に訴えたが、ぼくにはやはりその意味と情念が今一つ理解できなかった。それはつまり自ら自分とぼくの感性を一致させるように努めるべきなのだと言いたいのだろうが、そのことをきちんと頭の中で順序立てて整理するにはもう少しぼくの心的領域の中では時間がかかった。けれども頭が悪く察しの遅いぼくと違って、保田准教授は咄嗟に雉子の主張の核心が理解できたらしく、その証拠は次に発した言葉だった。

「あたし、元夫と今度一点か二点の絵画を共同で描いてみるわ」

保田准教授が依然として目の前の二十号の向日葵の絵から目をそらさずにそう言った。

「かつての旦那さんとの共作に挑むというわけですか」

身を乗り出してぼくが訊くと、ええ、と呟いて保田准教授は力強く頷いた。

会場内は午後になって少しずつ来場者の数が増して来たようだった。保田准教授の教え子たちがスタッフの役を担ってくれているらしく、ぼくも学内で一度か二度顔を合わせたことのある男女学生たちが受付の前で来場者たちの応対に追われているようだった。明るく華やかな人いきれが充満する混雑した会場内のあちこちで作品群を称賛する小声が発せられていた。

続けて保田准教授が言った。

「勇気を出して今度別れた夫にそのことを提案してみるわ。絵画の制作には素人の夫をうまくあたしがカバーして、共作で一点か二点の作品を仕上げてみせるわ。そのことで同じ感性の機微を発見できるかもしれない。今の雉子さんの言葉で何となくゆるぎのない信念をいただいたような気がする」

なるほど、とぼくは思う。それらの保田准教授の言葉でようやく雉子が何を言おうとしているのかどことなく合点が行った。保田准教授だけの作品ではなく、その元夫との共作で仕上がった絵ならばどうだろう。今度こそ同じ感動を味わえるのかもしれない。互いの感受性の奥に一点の共通点を発見できるのかもしれない。そのときこそ理解し合えるのかもしれない。

美術の分野のことはよくわからないが、ぼくはこんなことを想像してみる。二人で仲良く肩を寄せ合ってカンバスに対峙している保田夫妻を想像してみる。対象は何でもいい。写生画でも人物画でも風景画でもいい。二人が同じものにしっかりと向き合っていればそれでいい。そして交互に絵の具を浸した絵筆でカンバスを撫でる。じっくりゆっくり丹念に絵筆を動かす。それで二人の共作としての一つの作品が見事に仕上がる。二人の感性が見事に融合した傑作が仕上がる。ほかの誰に邪魔立てできるだろう。ともかくそれは元夫婦二人だけの感性が支配する偉大なる芸術作品なのだ。ぼくは一人でほくそ笑んだ。熱気と情熱に充ちた会場内の順路はいよいよ来場者たちで隙間なく埋め尽くされつつあった。

　会場前の廊下を歩いてエレベーターのそばまで送ってくれた保田准教授がぼくたちに訊いた。

「あなたたち、これから大学の講義は？」

「午後はもうありません。座学も実技も明日だし――」

　雅子がそう答えると、

「このビルから徒歩で東に十分程のところに小さな古い映画館があるわ」

「映画館？」

　ぼくが訊き返すと、

「ぜひ鑑賞してほしいフランス映画が上映されているのよ。今のあなたたちにぴったりの内容ではないかもしれないけど、ある種のヒントには貢献できる作品だと思う。時間があるのなら鑑賞したらいかが？」

　そんなこんなで、ぼくたちは保田准教授の勧めに従ってその古びた映画館に足を運んだ。本日の講義の予定はないし、それにどうせこのまま二人でマンションに帰っても急ぎの予定はなかったので久しぶりにスクリーンの前で大きな鼾でもかいてやれとぼくはふざけた気分で思ったのだ。ところが意外といい映画だった。字幕の切り替わりの速さには閉口したが、二人で入場券を買って館内に入ってからぼくも雅子も銀幕に吸い込まれるようにしてその上映に見入った。上映開始のブザーが会場内に鳴り響き、真っ暗になった辺りを心なしか見渡してみると、横に雅子の猫のように潤んで光る眼球だけがあった。

　その上映時間が一時間半程のフランス映画は、保田准教授の言うとおり今のぼくと雉子の思惑にどこか通じているに違いない内容に思えた。客席にはぼくと雉子、そして斜め前方の客席に白髪頭の老人らしい男が一人座っているだけだった。

　その映画の主題は〝嫉妬〟と言ったらいいのだろうか。主人公の男は長年勤めた会社で定年を迎え、自宅の近辺で開催されるカルチャーセンターでの絵画教室に通っている。男はそこで同じ年配のある女性と知り合う。妻子持ちの彼だったがその女性にも夫と子供がいる。二人は自然と言葉を交わす仲になる。ところがその女性は彼のほかに二十歳程若い、やはりその教室の生徒である青年と親しくなる。青年もやはり妻子持ちだ。そこまではありふれた展開だったが、やがて男はその青年に激しい嫉妬心を感じる。なぜそんな常軌を逸した嫉妬心を抱くのか彼には自分でもわからない。彼と女性と青年にはいずれも配偶者や子供という家族がいて、互いにその間で結婚などという結論に結びつく可能性はないに等しいことは瞭然としており、常識的に見ても何ら嫉妬の対象となるはずではないのに、さらには彼も第三者的な目で自分を見てそのことは充分承知しているはずなのに、彼はやがて言いようのない嫉妬心に苦しむようになる。女性と青年がちょっとでも親しく話し込んでいたり、互いに描いた絵を何気なく鑑賞し合ったりするのを目にしただけでがっくりと落ち込み、鬱状態となり、気の狂いそうなほどの焦燥感と不安感を感じ、やがてたまらずに近所の精神科を受診する。

彼からその心的状況を聞いた医師は、外的に重大なことは何も起きてはいないというのに、そして当の女性と青年の間にも何らのゆゆしき関係も存在しないというのに（彼もそれは充分冷静に理解している）、そんな感情を抱くのは精神疾患とまでは言わないが彼の異常な感受性にあるのだと指摘する。異常な感受性！　医師にそう宣言されたときはショックだったが、やがて彼はある開き直りを決意する。

異常な感受性、異常な感受性！　ああ、それでいいではないか。その異常な感受性が彼に絵の才能を与えてくれているのだと割り切ってここは一つ傑作を描いてやろう。彼はそう考えて自分の呪わしい感受性を乗り越え、それから寝食を忘れて約一ヵ月近くかけてある風景画を仕上げ、それが応募した地元の絵画コンクールで見事金賞を受賞するのだ。映画の内容はざっとこんな筋書きだった。

「異常な感受性か」

映画館を出て暗い舗道を駅に向かって歩きながら、ぼくは横で並んで歩く雅子にそんなことを言った。そして、

「僕だって、自分のことを異常な感受性の持ち主だと感じたことはあるよ」

さらに、

「でもそれがあるからこうして芸術学部の音楽学科に入学できたのだし、小学校の高学年の頃は自慢じゃないが県のピアノコンクールで入賞できた。それはやはり異常な感受性のお蔭ではない

かな」

「無論そうした気質がなくては芸術の分野に身を置くことができないわ。というかそれが最低条件よ」

「僕もまさしくそう思う」

そして、ぼくは言った。

「雉子、君も異常な感受性を持っていると自負しているのだろう?」

「ええ。そう思わなければ音楽、いや、芸術全般の世界ではとても平静で安穏な呼吸はできないと思うわ。もっとも平凡な常人の世界では息ができないのもまた芸術家の避けられない宿命だとも思うけど――」

「するとぼくも異常な感受性、君も異常な感受性、つまりそんなものに憑かれているわけだな」

「そうよ」

「お互いに異常な感受性同士、通常人に比較して何かが多いのか、それとも逆に何かがすっぽり欠落しているのかわからないけれど、その二つの特殊な感受性は特殊だからこそ何となく融け合うことの半永久的にできない資質のような気がするな」

そう言ってから、ぼくは、しまった、と思った。せっかくさっきの個展会場で双方の感性が一致するヒントをぼくたちは保田准教授と示唆し合ったばかりだというのに、ぼくはつい感情に素直になり過ぎて余計なことを口にしてしまったのだ。

瞬時沈黙した雉子の横顔をちらっと覗くと、だが、彼女の顔色に変異はなかった。上空をさり気なく仰ぎ、月がきれいね、とぽつりと満足げな口調で呟いた。ぼくもすかさず上空に視線を当てた。だが、葡萄色の空のどこにも月影など見当たらなかった。明日は雨なのかもしれなかった。

4

自分の父親が若い頃に自費で出版したというある一冊の詩集を雉子がぼくの目の前に差し出したのは、その翌々日の、朝から雨雲が上空をどんよりと覆う、何となく低気圧で偏頭痛の兆候が窺える空気の冷たい日の午後だった。

ぼくたちは座学の授業でそのとき大教室にいた。あちこちで講義の準備をするためにテキストを鞄から取り出す学生たちが席を少しずつ埋めつつあった。ぼくはさりげなくその黄ばんだ、発行日が平成十年代になっている詩集を手にして雉子の目を見た。雉子はこくりと頷いてすかさず言った。

「あたしの両親が離婚する前に出版された本よ」

「それがどうした？」

ぼくが気乗り薄に首を捻ると、

「わからないかなあ、あたしの言っていること――」

今朝の慌ただしい時間帯に自室から持って来た書籍を通学鞄に仕舞い込んだ雄子の落ち着きのない姿をぼくは思い出した。そのときはぼくに提示する暇もなく、今ここで初めて雄子が鞄から取り出した、遼平さんという名前の彼女の父親が若い頃に自費で出版した詩集は、発行日を見ると平成十五年の六月となっていて、その頃は無論まだ雄子も生まれてはおらず、そして遼平さんが亜由美さんという名の雄子を産んだ女性と離婚するずっと前の頃だった。何か目的を抱いて日帰りで静岡の実家に顔を出した雄子が家の中のどこかでそれを探し出したのか、それとも何気なく足を踏み入れた遼平さんの書斎で偶然見つけたのか、そこのところはどうにもぼくには不明であったが、雄子がこれからぼくに提案することは何となく察しがついた。

遼平さんと別れた後、一人娘である雄子の親権を夫に譲った亜由美さんは、静岡から東京都内に移住し、銀座のある高級ブティックに十五年近くもの長い間店員として勤めていたが、一ヵ月程前に咽頭癌が見つかり、早期の処置が実って幸い一命は取り留めたものの、咽頭を手術して声帯を取り除いたため今は声を失ってしまっていた。ぼくも一度だけ雄子に付き合って亜由美さんを見舞いに行ったが、そのときはまだ面会は許されていなかった。だが、一週間前にようやく面会謝絶の禁を解かれ、ぼくたちは二人であらためて近く見舞いに行こうかと計画していたところだった。

雄子の言いたいことはわかっていた。講義が終わった後、その詩集を持って亜由美さんの病室に行き、遼平さんが昔作った詩を朗読して聴かせてやりたいとでもおそらく言うのだろう。だが、そこまで推測していたぼくであったのにも拘わらず、そのときのぼくは自分でも妙に思える程邪慳な態度を取った。

「亜由美さんのいる病院にいっしょに来てくれというんだろう？」

そうよ、と雉子は頷いて、

「よくわかるわね」

「君のお父さんが書いたその詩集の何編かを、別れた元妻の亜由美さんに朗読してやろうというんだろう？」

「そうよ」

「しかし、そんなことをしてどうなるというんだい？」

なぜそんな意地悪な態度を決め込んだのか自分でもよくわからなかったが、雉子はおそらくこう言いたいのだろう。先日のぼくと自分の感性の不調和に影響されてこんなことを考えたのだろう。

遠い昔の、雉子がまだ幼い頃に離婚したという遼平さんと亜由美さんの別れの原因を、彼女にしてみれば単なる性格の不一致などということで片付けたくはないのだ。もうずいぶん長い間自分の両親の別離の理由について目と耳を塞いで来た雉子にとって、その理由を今別の視点から模索する気になっているのだ。当時遼平さんが書いた詩の世界を亜由美さんは全然理解できなかった、理解しようしなかった、あるいは無関心だった、そんなところが夫妻の離縁の発端になったのではないかと雉子は今思いを馳せているのだ。つまりはやはり感性、感受性の隔絶をきっかけとして夫妻の絆の分裂は決定的になって行ったのではないか。雉子はどうしてもそう思いたいのだろう。これはあくまでぼくの独り善がりの偏見に充ちた観察なのかもしれなかったが。

そこまでの観察をしていたぼくにとって、なぜそのときの雉子の提案と同行依頼に素直ではなかったかというと、原因は昨晩の頭上にでんと居座っていた満月のせいなのかもしれない。

雉子には見えていた月影がぼくには見えなかった。ぼくが雉子の声に誘われて上空を仰いだ刹那、さあっと気まぐれな雲の塊が風で中天を過り、満月を瞬時覆い隠したということも有り得なくもなかったが、ともかくそのときのぼくの視野のどこにも雉子がきれいだと言ってうっとりした満月の存在などなかったのだ。満月を二人で共有することはできなかったのだ。満月を視野に取り込めなかったのはぼくの目にその瞬間だけの異常があったからなのか、それとも雉子の見た月影こそが最初から彼女の目の錯覚だったのか。ともかく、ぼくには他者との感受性の共有などということは限界に限りなく近い希望なのではないかと思ったのだ。というか、感性の限界というよりもっともっと大括りの意味でのぼくと雉子の存在そのものの違いではないかと思ったのだ。

午前中の約三時間の座学の講義が終わった後、ぼくはそれでも雉子に渋々付き合った。私鉄を乗り継いで亜由美さんの入院するC大学付属病院に出向いて、大部屋の一つである外科の入院病棟に亜由美さんを訪ねた。声帯を失った亜由美さんはぼくから見舞いの花束をもちろん無言で頷いて受け取り、ぼくの手を寝台に横になったまま軽く握ってくれた。

亜由美さんは結構元気そうに見えた。まだ退院の目途は立っていないものの顔色は良く、雉子の見舞いの言葉にもいちいち鷹揚に頷いた。ぼくたちが持って来た花束を横の棚の上の花瓶に差し込んだ雉子がくるりと振り向いて鞄からさっと例の詩集を亜由美さんの視野に入れるように差し出した。覚えているでしょう？　という雉子の問いかけに、亜由美さんは一瞬戸惑いの光を両の潤んだ目に湛えたが、やがてゆっくりと天井に向けられた視線を詩集の背表紙の辺りに転じて小さく頷いた。お父さんの若い頃に出版された詩集よ、と続けて雉子が呼び掛けると、亜由美さんはさっきよりも今度はもっとはっきりと首を縦に振った。

当時の亜由美さんがその詩集に感動したのかどうかなどということはこの際関係はなかった。要は今の亜由美さんの感受性に当時の遼平さんの詩がどれだけの刺激を与えるかが肝心なのだ、とぼくは思った、無論それによって二人が元の鞘に収まることなど非現実なことだったたし、雉子も雉子でそんな夢物語など考えているはずなどなく、元の夫である遼平さんの詩に何らかの感動の姿勢を亜由美さんが幾分でも表明してくれれば雉子も満足するはずだった。

ほどなく雉子が囁くように遼平さんの詩のうちの一編を朗読し始めた。病室の中もしんと静まり返り、他の入院患者たちもじっと雉子の詩の朗読に耳を傾けてくれているようだった。朗読が始まってから、たしか詩集に掲載されている詩の五編目が終わる頃、あっ、とぼくは驚きの叫びを軽く乾いた唇から発した。同時に雉子も手にした詩集の蔭から右の目を光らせた。何と亜由美さんの瞳が心なしか潤んでいたのだ。両の目が天井からの電灯の光にきらりと輝いたのだ。やった、とぼくは思った。長い年月がその間に置かれているのだとしても、今あきらかに遼平さんと亜由美さんの感性は見事な一致を遂げたのだ。同じものにたしかに同じ感動を共有したのだ。

やがてぼくと雉子の心の中の喝采が通じたのか、雉子の朗読が終わると病室の患者たちから控え目で軽い拍手が沸き起こった。ぼくが身を乗り出して亜由美さんの顔を覗き込むと、たしかにその眼球はうっすらと濡れていた。たしかに亜由美さんは泣いていたのだ。それは雉子の朗読する詩に感動しての涙だとこの際ぼくも雉子も信じ込むしかなかった。ぼくと雉子は軽く互いの両の手の平を合わせて言いようのない感激と達成感を味わい合った。そこにも感性と感受性の一致があった。たしかに確たるゆるぎのない一体感があった。それでぼくの先日からの孤独感と疎外感は少しだけ薄らいだ。それはたしかだった。

病院からの帰途は寒かった。あたりには師走らしい、クリスマスイブを数日後に控えた時期らしい寒気が上空にも足元にも漲っているようだった。雉子は私鉄の駅までの灰色の、今にも雪でも降り出しそうな空の下の舗道を歩きながら、こんなことをぼくに幾分興奮した面持ちで語った。たとえ遼平さんがそれに何らかの感動を覚えることはないにしても、早速今夜にでも電話で遼平さんにさっきのことを話す、と。彼が昔書いた詩のその娘による朗読に感動して元の妻が涙を流した、と。二人の感性の置き場所にはたしかに長い年月が横たわってはいたけれど、二人の感性はそのとき見事に完成度の高い融合を遂げたのだ、と、その融合には自分とぼく、そして亜由美さんと同じ病室にいたほかの五人の入院患者が証言できる、と。たしかにそのことによって遼平さんと亜由美さんが復縁するなんてことは万に一つも有り得ない。ましてや過去が現在に到達するなんてことも無論ない。けれども父には話すわ、と雉子は言った。自分には昨日まで到底理解できなかった世に言う男女の離別の正体を、今日は一歩だけ見事に大人になってそっと垣間見ることができたのだ、と。こんな別れ方も男女間には紛れもなく存在するのだと悟る幸運に恵まれたのだ、と。だからこんな僥倖がどこの世にあるのだろう、と。

「あたし、今、ある楽曲を作曲している最中なの」

ぼくらの居住するマンションのある最寄り駅の駐輪場のそばで、ぽつりと雉子がそんなことを言った。

「そういえば一昨日の早朝あたりからピアノを弾く音がするな」

ぼくが言うと、

「気づいていたの?」

「そりゃあ気づくさ」

「起こしちゃっていたかしら」

「構わないさ。目覚まし時計代わりにちょうどいいよ」

そして、

「どんな曲なんだい?」

「仕上がったら、いちばん最初にあなたに聴いていただく」

「無論それには僕が最も相応しいさ」

それから、

「でも君には泣けても僕には泣けないかもしれない」

「そのときは何度でも作り直すわ」

雅子は言って、

「ベートーベンにもモーツァルトにもバッハにも及ばない曲、あなたとあたしの二人だけがその感受性を共有できる楽曲——」

期待しているよ、とぼくは言ってふと上空に視線を向けた。視線の先には見事に光り輝く満月が居座っていた。昨晩もやはりあの満月はああして上空の果てで地表に淡い月光を投げ掛けていたのかもしれないな、とぼくは思った。ぼくにそれが見えなかったのは、やはり瞬時意地の悪い風に飛ばされて吹き流れて来た雲の群れのせいなのかもしれないな、と思った。

アパートに戻ると郵便受けにぼくあての一通の手紙が届いていた。両親からの手紙で数枚の便箋とスナップ写真が一枚収められていた。内容はあまり芳しいものではなかった。それは訃報だった。ぼくの実家の近辺に住むはるみちゃんという小学校五年生の児童の死去の報が両親の手紙の中に挿入されていた。はるみちゃんは彼女が赤ん坊の頃からのぼくの知り合いで、お互いの父親が同じ勤め先であることもあって実に長い間家族ぐるみの親戚同様の付き合いを今も続けている。そのはるみちゃんがある日の朝突然激しい頭痛と吐き気に襲われ、大学病院での数人の医師たちの診断で脳腫瘍という病名を宣告されたのは今から一年程前のことだった。ほどなく受けた大手術の後も入退院を繰り返し、余命宣告をされた直後の束の間の小康状態を利用して退院し、わずか二週間の登校が主治医の厚意と配慮で許された。同封されていた写真は、はりきって登校したはるみちゃんがハイキングの折、級友たちの先頭に立って丘の傾斜を楽しそうに颯爽と登っている姿を写したものだった。そしてそれから約十日後に再入院した直後、はるみちゃんは眠るようにして息を引き取ったのだという。

たまらずにぼくは号泣した。それは理屈などではなかった。ただただどろどろとした取り返しのつかない喪失感がぼくを襲った。ぼくの涙腺からとめどなくという表現がぴったりの溢れ方で熱い滴が頬を伝った。ぼくは、思わず顔を覆った指と指の間から横の絨毯に座って手紙を読んで写真を眺めている雉子の横顔を咄嗟に見た。雉子も無論泣いていた。彼女の右頬にも太い筋の煌めきが伝っていた。ぼくは満足だった。はるみちゃんの無念の訃報に接して悲嘆のどん底に身を置いているにも拘わらず、ぼくには雉子の大粒の涙に不謹慎にも満足していた。あの音羽あずさのピアノ・リサイタルが催された晩、雉子に追いつけなかったぼくの感性に、今度は逆に雉子の感性が見事に追いついてくれたのだ。満足していないはずなどないじゃないか！

「腹、減らないか？」

はるみちゃんを失った絶望感の海を泳ぎながら、近日中に静岡の郷里に帰り、近所に住んでいたはるみちゃんの遺影の前で手の平を合わせることを考えながら、それでも不思議とそんな言葉がぼくの口からさりげなく出た。

「空いたわ」

雅子の屈託のない返答にぼくはそっと頷いた。

行き付けの繁華街から少し外れた大衆食堂の帰りに、ぼくと雅子は腕をしっかりと組んでかなり寒い戸外の中を歩いていた。吹き渡る風は冷たく、ぼくたちは次第に身体と身体を引っ付かせ合いながら落ち葉の散らばる乾いた舗道を鼻歌を歌いながらとぼとぼ歩いた。

依然としてぼくは満足だった。そして、はるみちゃんの死去の知らせをさっさと乗り越えて、今の雅子の腕のぬくもりとさっきの彼女の透明な一筋の滴に満足しているぼくは冷たい人間なのだろうか、と歩きながらふと思った。

そう言えば、ここ一週間程のぼくはたしかにどうかしていたのかもしれない。ぼくだけでなく、雅子も保田准教授も相原も高見沢教授も山根も、そして死んだ金子次郎もどうかしていたのかもしれない。

いや、そうでなくてぼくの妄想みたいな観念にきっとどうかさせられていたのだろう。たとえどうかしていなくたって、世界人口の八十億以上の数の感性の中に一致するものなど一組もなかったのかもしれない。

けれども同時に、一致する必要なんかやはりなくていいのかもしれない。八十億以上の感性が別の場所でそれぞれ異彩の輝きを発していてよいのではないか。独自の光を放っていてよいのではないか。それぞれの風を全方位から互いに吹かせていてよいのではないか。一人一人がそれぞれ孤独であってよいのではないか。すべてが元々はぼくの独り善がりの思い込みであったのかもしれないが、それでもぼくはここ数日の間執拗に付きまとわれていた正体の定かではない感性にまつわる思惑から解放される糸口を目下発見しつつあるのかもしれない。

仰ぐ彼方には東京では珍しく数え切れない数の星が鋭い煌めきと瞬きを発していた。それらの星の数と人間の感受性の数のどちらが多いのだろうか、とぼくは思った。そのときのぼくは雉子の腕からある風を感じていた。全方位からの風の中の一筋である雉子の感性からの孤独な風をたしかに感じていた。そして、その風が次第に風速を最大にしてぼくの身体の奥で吹き荒んで来ているような気がした。

ぼくが上空から腕時計に視線を転じたとき、ある響きが雉子の腕からぼくの腕に伝わって来た。ぼくは瞬く間に現実に引き戻された。それは無論感性からの風の音などではなく、あきらかに目下気分が高揚しているらしい雉子の鼓動の余韻に違いなかった。

額縁の裏側

一

昔読んだ、豪華絢爛たる事物の根の部分には必ず凄惨な現実が横たわっているという主題の短編小説を曽根木亜季がふと思い出したのは、その男が個展会場を去ってからまもなくのことだった。

男は言ったのだ。会場前の薄暗く狭い廊下をとぼとぼ後ろ姿を小さくさせながら歩き始める前に、たしかにこんなことを亜季に言ったのだ。

「表ばかりじゃいけませんよ。たまには裏も描かなくては——」

あっ、と息を呑んで男の貧弱なダウンジャケット姿の背中を慌てて追いかけようと足を一歩二歩踏み出したとき、すでに廊下のざわめきと幾人かの男女の来場者の間に男の印象の限りなく薄い影はすでに消え去っていた。男ははたして亜季のどの作品のことについてあんな捨て台詞を残したのだろうか。茫然とした思いに憑かれながらも、亜季はふらりと無言で廊下から会場内に定かではない足取りで戻り、自分の初めての個展会場の全景がざっと見渡せる一角に立った。

そうだった。ほんの十分か十五分程前に突然この会場に現れたあの男の両足がしばらく停まっていたのは、いちばん西側の窓際の近くの白い楕円形のパネルの前ではなかったか。三々五々訪れる来場者の中では、一種異質な雰囲気をどことなく放つその男を亜季が特別に意識しなかったと言えば嘘だった。会場の入り口際に設置された受付の机の前で、亜季は美大の友人の箱崎江津子と談笑しながらも、陳列された自分の絵画群に目線を当て続ける男の姿を視界の隅で控え目に追っていたのだ。

亜季は少し足早に会場のパネルとパネルの間の通路を歩き、まるで神様のように有り難い数少ない来場者たちの間を縫って、さきほどしばらくの間男が立っていた場所にその身を移動させた。たぶん男が時間をかけて眺めていた絵というのは、目下亜季の視線の先に展示されている「塔」というタイトルの十五号の油絵だった。「塔」は昨年の暮れにK新聞社主催の絵画コンクールで幸運にも金賞を受賞した抽象画であった。

亜季としてはそれを抽象画として描いたつもりだったが、描き手としての亜季の画想上のどこかに写真でしか観たことのないフランスのエッフェル塔を意識していたことは否定できなかった。そしてその絵の、古い言葉を使えばどこかモダンな、あるいは華やかで贅沢な濃い色使いを思うと、男の口にした〝表〟というのはこの作品のことを言っていたのかもしれない。

ではこの十五号の油絵の〝裏〟とはどんな絵を言うのだろうか。どのような筆致の絵をあの男は描けと自分に助言したのだろうか。エッフェル塔のような建物を主題にした抽象画が男の言う〝表〟ならば、いったいどのような筆使いをすればその〝裏〟を描いたことになるのだろうか。亜季にはわからない。

男のさっきの助言をまともに受け取ったわけではないが、思考の回路を変えれば自分の絵をもふくめてどんな絵画にもその〝裏〟があるのかもしれない。そんなことを思いながら自分の初めての個展会場に陳列された絵と絵の間を歩いて、それぞれの画面の〝裏〟を想像してやろうとゆっくり歩き始めたとき、不意に箱崎江津子の指先がそっと亜季の右肩に添えられた。さりげなく振り向くと、亜季と同じT美術大学の彫刻学科に籍を置く江津子の微笑が目の前にあった。彼女は今回の亜季の初めての個展の世話役を無報酬で買ってくれているかけがえのない親友だった。

「まあまあの滑り出しの初日だったわ。きっとこの個展は成功する」

江津子はそんなことを言って、

「さっきから黙りこくってどうしたというの？」

「あの男の人から変なことを言われちゃったのよ」

「男の人？」

「そうよ。あたしがさきほど廊下に出て話していた人よ」

「それで何ですって？」

「絵の表だけではなくて裏も描けだとか何とか——」

あなたは少し疲れているのよ、と江津子は言って、苦笑いを洩らしながらさっさと受付の机の前に急いで戻って行った。同じ美大の学生らしい女性の新しい来場者が会場に姿を見せたからである。疲れてなんかいるもんか、と亜季は江津子に対しての深い友情のような感覚を意識しながら呟き、それから江津子の後ろ姿からくるりと背を向け、展示されている十数年に亘って自分の描いた作品群が展示された中をゆっくりゆっくり歩き始めた。

「表ばかりじゃいけませんよ。たまには裏も描かなくては――」

亜季の脳裏にさっきの男の言葉が何の前触れもなく蘇って来た。それにしてもあの男は誰だったのだろうか。いや、誰ということもないだろう。たまたま混雑したこの街の付近を通りかかった人が舗道上の亜季の個展会場の案内表示を目にして、何気なくこのRビル内の六階にある小さな会場を訪れただけのことかもしれない。そんなことはさして珍しいことではなかった。それに男がどこの誰かなどという詮索は亜季の知ったことではなかったし、また男の側からしても余計なお世話に近いものなのかもしれなかった。

しかし、あの男はたしかにいい助言を亜季にあたえてくれた。絵画にはそれぞれに表の面と裏の面があるという、決して真実ではないとは言い切れない言葉をくれた。それは、華やかなものを描けばその筆致の裏にはそれと正反対のものが描き出せる可能性があるということなのかもしれない。無論男はそんなことまでは言わなかったが、今の亜季にはかつて熟読した短編小説の主題を彷彿とさせる言葉として勝手に受け取ることができた。

男がこの会場にふらりと現れたのは、初日の個展会場が閉場する直前の時刻だった。入ってすぐに受付の机に置かれた芳名帳に記帳するのでもなく、すでに展示物に目を当てながらパネルとパネルの間を歩く二、三人の来場者たちの間を縫って男は一通り会場内の作品を観終わった後、受付の机の前に座っていた江津子に小声で何かを囁き、会場をさりげなく後にしたのだ。

「曽根木、あなたとお話がしたいと言っているわ」

受付から亜季の立っている場所に足を運んで来た江津子がそっと耳打ちした。亜季は頷き、鑑賞し終えた絵画の感想でも聞けるのかと期待して廊下に向かって歩を進めた。男は会場から少し離れた薄暗い廊下の一角に立って亜季を待っていた。それから男と亜季はどんな会話を交わしたのか、会話を交わしたとは言ってもすべて一方的な男の宣言のようなものだけだったが、なぜかそれらはほとんどが亜季の記憶の底に沈んでいた。ただうっすらと覚えているのは、彼が亜季の死んだ父親の旧知だということ、そしてある時期彼がどうやら父を雇用主としていたらしいこと、それから例のあの衝撃的とも言える捨て台詞だけだった。名前も聞かなかったし、今となっては顔もよく覚えてはおらず、芳名帳に記載がなければ今さらその素性をたしかめることなど不可能なことだった。

帰ったら父の生前の交流関係に詳しい、現在M音大で非常勤講師を務めている兄の諒にでも訊いてみようかとそんな頼りないことを思いながら、それでも亜季は男の言ったそれぞれの絵の〝裏〟の世界を想像するために、どの絵にも愛着のある自分の作品群の一点一点に順番に目線を移動させて行った。

箱崎江津子の言ったように来場者数がまあまあだった個展の初日が幕を閉じ、こうして亜季の長年の夢の舞台は上々の入りに恵まれた。Rビル内に設えたこの会場も戸締りを終え、館内全体の暖房も切られ、後は二日目の展示を待つだけとなり、来場者が一人残らず帰途に就いた今、そこにいるのは亜季、江津子、そして亜季の兄の諒の三人だけだった。

江津子は入り口際にある受付の机の前に座り、何をするのでもなく軽い欠伸を繰り返しながら前方の一角に立つ兄と妹の背中に虚ろな視線を据えていた。兄妹の目の前には例の亜季がK新聞社主催の絵画コンクールで金賞に入選した十五号の油絵が飾られている。個展の第一日目が終わる直前のいっとき、あの男が今兄妹が立つ場所に同じように立ってその絵をしばらく眺めていたのだ。

「すると例のおっさんがおまえに変なことを言って帰って行ったのは、たしかにこの絵についてなんだな？」

時間にしてほんの数秒の間の沈黙を破って、諒がそんなことを言った。

「ええ。裏も描けと言ったのはたぶんこの絵のことよ」

「たしかか？」

「たしかではないけど、たぶん――」

「頼りないんだな」

諒は言って、

「では、今俺たちがいる場所に立ってこの絵に見入っていたんだな？」

土曜の講義を早く終えた帰途に妹の個展会場を覗いたという諒が横目で亜季の横顔に視線を当

て訊いた。

そのとおりよ、と亜季は軽く頷いて、

「あたしがその人の動きを目にしていた中ではこの絵を見ている時間がいちばん長かったわ」

「わからんな」

「あたしだって――」

「この絵の裏側を描けというそのおっさんの意図なんかわかるかい。この額縁の裏側に別の世界が展開されてでもいるのかい」

そして、精神の尋常な人ではなかったんじゃないか、とぽつりと呟き、諒はやっと前方の抽象画から視線を外してつかつかと西側の窓辺に向かって歩を進めて行った。亜季もそんな兄の後を追って、やはり兄と同じように視線を窓外の街の黄昏の光景に据えた。暦は三月に入っていたが戸外はまだまだ真冬の寒気が上空に腰を据えているようだった。先月に比べて日は長くなったが、ときおり北風に乗っかった粉雪が地表にちらちらと舞い落ちていた。眼下の舗道を行き交う通行人たちは誰もが背中を縮こまらせながら歩いているように見えた。西方の丘陵地帯を覆うように、太陽が沈む間際のその日最後の光をぎらつかせたとき、諒がまた口を開いた。

「何歳ぐらいの男だった?」

「さあ、五十歳前後かしら。どことなく存在そのものが貧弱な感じだった。名前なんか聞く暇もなく言うだけ言ってさっさと廊下の人混みの中に隠れて行ったわ。たしかにお父さんの古い知り合いだと言っていた」

「それだけか？」

「いいえ。それからその人がお父さんに昔雇われていた時期があったと――」

「雇われていた？」

「ええ。たしかそんなことを言っていた。お父さんの経営していた会社の社員だったという意味かしら」

ふうん、と諒はそんな妹の早口の弁に気乗り薄そうな小声を発し、まあ、忘れるんだな、とぽつりと言った。どうやら父の旧知だと言っても亜季の受けた印象だけでは男がどこの誰かは諒にもわからないことは当然だった。亜季はそのときよほど男が廊下の隅に消えて行った後ふと思い出したあの短編小説のことを兄に話そうかと思った。絢爛たる事象の裏側か根元の凄惨な現実のことを兄に告げようかと思ったのだ。思い切って亜季がそのことを切り出そうとしたとき、江津子がゆっくり通路を歩いて兄妹が並んで窓辺に立つ一角に歩いて来た。

「曽根木、あたし帰るわ。明日の二日目も受付ぐらいなら応援するわ。九時にここに来ればいいかしら？」

「とても助かる。今日は本当にありがとう」

「今夜はある彫刻家のモデルになる約束があるの。だから今日は失礼する」

「いよいよ脱いじゃうわけ？」

「ふふ、秘密よ」

「まあ、嫌らしい！」

それでもその後亜季が重ねて礼を言うと、諒も恐縮して妹の支援者に慌てて軽く頭を下げた。

江津子が初日の展示会を終えた個展会場を去った後、それでも館内中の暖房の切られた会場で兄妹はしばらく亜季の作品の群れを並んで眺めて行った。諒をその会場からしばらく去らせなかった理由は昼間の謎の男の出現のほかに、美大に通いながらこうして初めての個展開催に漕ぎつけた妹の亜季に対する兄からの労りと祝福の意味があった。場所を変えて居酒屋か自分たちのアパートで祝杯を上げるよりも、兄妹がそろってかなり寒くなって来たとはいえこの記念すべき個展会場に展示された作品群を眺めながら通路を歩き続けることが何よりの感無量の表現と言えた。

兄妹は西側から回れ右をして急激に冷え込んで来た会場の北側の展示パネルの前に歩を進めた。北側の一角に立ったとき、亜季と諒の視界に同時にある一点の十号の水彩画が座を占めた。あらかじめ諒も知っていた妹の傑作画だったらしく、彼は亜季の横顔に一瞬視線を据えた後、ふたたび目線をその水彩画の画面に当てた。画面には無数とも言える花火の輪が点在していた。それは諒がまだ中学生、そして亜季が小学生の高学年の頃の夏だったか、二人は父親に連れられて都内のある花火大会に出向いたのだ。それからそこで世にも残酷な光景を目にしてしまったのだ。父が慌てて二人の子供からその光景を遮断しようとしたが、すでに遅かった。あんなきれいな花火を打ち上げている人たちをぜひ一目眺めてみたいと言い出した兄妹の希望を安易に聞き入れてしまい、その結果息子と娘にこの世のものとは思えないあの凄惨な光景を目の当たりにさせてしまったのだ。

「これはＢ川湖畔での花火大会の夜をモチーフにした絵よ、兄さん――」

亜季が目を画面に向けたまま言うと、

「ああ、忘れようったって忘れるもんか」

「あの晩、あたしと兄さんは美しいものの根には必ず残酷な現実があることを知ったのよ。そうでしょう？」

そうでしょう？　とさりげなく念を押した亜季の言葉に諒は深く頷き、

「それはつまり、さきほどの男がおまえに言い置いて行った絵画の表の部分と裏の部分という言葉に通じると言いたいのだろう」

「さすが、兄さん。そしてあたしは、その男が会場を去った直後昔肺病で亡くなったＫという作家の書いたある短編小説を思い出したのよ」

「桜の樹の下には死体が横たわっている――」

「何でもわかるのね。兄さん――」

その後二人はしばらくの間、小学生の頃のその体験を基に亜季が高校三年生の夏に描いた花火の絵に無言で見入った。背景には葡萄色の真夏の上空が横たわり、様々な色と大きさの光が画面一帯に散っていた。なぜかじっと目を当てていると妙に物悲しくなる絵だな、と亜季は思った。いや、その水彩画そのものが物悲しいのではなく、夜空を舞台にした華麗な光景に感嘆した直後に兄妹がほぼ同時に目にした悲惨な光景が物悲しいに違いなかった。

亜季と諒が父に連れられてその有名な夏の風物詩とも言える花火大会に出向いたのは、そろそろ夏の真っ盛りが過ぎ、夏季休暇の宿題を亜季が心配し始めたある晩のことだった。諒も亜季も父も家政婦の一人が縫ってくれたおそろいの浴衣を着て、電車で約四十分のところにあるB川の畔の花火大会の会場に駆け付けたのだ。

間髪を入れずに次々と夜空を彩る豪華で贅沢な光の演舞に、それを初めて目にした亜季はしばし時間の経過と辺りの人いきれの噎せ返るような流れと蒸すように不快な晩夏の淀んだ空気をも忘れて恍惚の生物となった。この世にこんな美しいものがあるのかと思った。そして、こんな美しいものを競い合うように打ち上げる場所にはいったいどんなさらなる美しい現実が横たわっているのか。美しいものを奏でる元には絵や文章では到底表現できない神秘的で華麗な実態が潜んでいるに違いないと小学生の亜季は思ったものだった。

宝石をたくさん散りばめたタキシード姿の紳士の黄金の杖を合図に、深紅の煌めく衣装を着飾った妖精たちが次々と空に向けて光の玉を打ち上げている光景を亜季はそのとき信じた。さらにそのそばでは、シルクのドレスを身に纏った淑女たちが笑いさざめきながら高級ワインの入れたグラスを搗ち合わせてこの煌めきの競演を祝している。まだ少女だった亜季の頭を占領したのはそんな高貴な色が塗りたくられた情景でなければならなかった。亜季は父に訊いた。

「お父さん、こんなきれいな花火はいったいどんな人によってどんな場所から打ち上げられているの？」

「うん？」

父が仰ぐ先の幾筋もの彩りの流れから目を離さずに訊き返した。

「亜季、こんな素敵な花火を作って打ち上げている人たちを見てみたいわ」

「花火だけでいいじゃないか」

父はさりげなく言って、

「ここでこのまま花火を見ているだけで満足したっていいじゃないか」

「嫌よ。あの先の橋の下の場所に連れて行ってよ」

「行かない方がいいんじゃないか」

「どうして？」

だが、父は無言でそこを所狭しとして存在を競い合っている大小さまざまな光の舞う上空を仰いだきりだった。その横顔はそんな亜季の未知の憧れと想像を否定している表情にも受け取れた。

そして、実際にそこに行ったときに繰り広げられている地獄の現実をすでに察知しているかのような面持ちをも漂わせていたのかもしれない。諒も妹と同調して父に今から花火の打ち上げ場所まで出向いてみたいとせがむような姿勢を取ってその右腕を軽く引っ張った。

しばらくして父がある決心をしたようにこくりと頷き、では、行くか、と呟いたが、その呟きは、でも行かない方がいいかもな、というような正反対のことを言っているかのように亜季の幼心にはどことなく感じ取れた。それでも亜季は好奇心に背中を押されるようにして諒と共に父の手を握り締めて人混みと強烈な湿気を感じさせる大気の中をゆっくり土手に沿って歩き始めた。すると、花火の群れが絶え間なく打ち上げられる上空が少しずつ近づいて来た。五分程歩を進めると、遠近感で花火の光度が麻痺してしまう場所に親子三人は立っていた。すぐ前方に橋があり、その下の手前の一帯が打ち上げ場所になっていることが何となくわかった。まず諒が土手を真っ黒い雑草に沿って降りた。下方から花火師たちのざわめきがゆっくり這い昇って来るようだった。

父の左手をしっかり握った亜季が兄の背中に続こうとしたとき、一瞬上空の彩りがその活動を停止した。そして、観客たちから疑問と不安の溜息と嘆息が上空に向かって流れ始めたとき、天も地をも轟かすような大響音が地響きと共に周囲一キロ周辺に亘って佇む見物客たちの誰の鼓膜をも震わせた。

土手の下に硝煙の焦げ臭い匂いが充ち、親子三人の視野が闇と白い煙に閉ざされた。まず諒がほぼ絶叫に近い悲鳴の声を発し、両目を両手で覆って恐怖のあまり雑草の中を慌てて駆け登って来た。兄の姿と白い煙幕の向こうにあるものを亜季が目を細めて見つめようとしたとき、怯えに目を血走らせた父の大きな掌が亜季の両の瞼を押さえた。川原の岸の前に陣取った打ち上げ場所がたちまちにして亜季の視野から遮断された。さらに、土手の上から見物客たちの悲嘆に充ちたざわめきが聞こえ、ほどなくして、火薬の不意の大爆発を現実のものとする救急車のサイレンやパトカーの警音が亜季の肩を恐怖であらためて慄わせた。

そのとき、亜季の鼻孔に金属質の空気が心なしか漂った。不意に吹き渡って来た西からの風に勢いを得て、硝煙と血の匂いが辺りに充満していたのかもしれない。

二

その日の晩の零時を回っても、曽根木亜季は自室で鉛筆を持つ手を休めずにただ一心にデッサン画の制作に取り組んでいた。

父と兄と三人で見物に出かけたときに目にしてしまったあの阿鼻叫喚とも言える凄惨な光景、一軒の火薬倉庫丸ごとの大爆発顔負けの被害様相と亜季は向き合い続けていた。あのとき父の指と指の隙間から見た岸辺の一角に転がった五、六人の遺体やら手足の千切れた重症者たちの姿は、鉛筆をリズミカルに動かすにつれて亜季の脳裏にくっきりとその輪郭を鮮明にして行った。葡萄色の上空の下の橋とそこを控え目に渦巻く川の流れ、川面に映る月光、葦の繁りと岸辺の一角に設えられた花火の打ち上げ場所、火薬の不意の大爆発によって吹き飛ばされた何体かの遺骸、胴から離れた血だらけの上肢や下肢が散乱した地獄のような一角、それらを亜季は鉛筆の先で容赦なく画用紙の上に表現して行った。

そのとき扉がノックされて兄の諒が遠慮がちに部屋に足を踏み入れて来た。亜季は兄を無視して足を組んだ姿勢のままで膝の上でのデッサン画の制作に没頭し続けた。諒が不躾に妹の背中の向こうから制作中のデッサン画を覗き込んだ。あっ、と瞬時諒は声をあげ、妹が描いている絵画が自分のあらかじめの想定とはまったくかけ離れたものであることを認めるようにしばらく沈黙を続けた。そして、

「それが個展会場に展示されたあの花火の絵の裏の世界ってわけか。あのおっさんの何気ない一言、かなりおまえには衝撃だったようだな」

「でもあの人、いいことを言ってくれた。お蔭でこんな奇想天外な画想をあたしにあたえてくださったのですもの」

そう言って、

「あの事件は、花火の爆発事故として全国では戦後最大のものとして今も語り継がれているらしいわ」

「表だけにしておいていいんじゃないか」

不意に諒がぽつりと呟くように言った。

「表だけ？」

「ああ、表だけだ。あんな麗しい光景の下に、こんな痛ましい現実が潜んでいることをあからさまにして何の得がある？」

「損得の話ではないわ」

だが、諒は妹のその言葉を黙殺したかのように、十畳の洋室の東側に据え置かれたピアノのそばに歩を進め、蓋を無造作に開いてショパンを弾き始めた。その音色がなお一層亜季の絵筆の動きに拍車をかけ、なぜかときおり残忍な気持ちに背中を押されながら彼女は一枚の画用紙上に約十年前の晩夏の夜に目の前で巻き起こった凄惨としか言いようのない火薬大爆発の情景を描き続けた。吹き飛んだ腕、爆風で吹き飛ばされた踝、胴体が半分に裂けた血まみれの遺骸――。

諒が両指を鍵盤の上に滑らせて弾くピアノは甘酸っぱいような心地好い響音を亜季の鼓膜に送り続け、この都内でも指折りの高級マンションでの贅沢な兄妹の生活のことも忘れて、亜季は例の男が口にした言葉を思い出し、華やかな光景の裏には悲惨な現実が隠されているという短編小説をも続けて思い出した。鉛筆を動かせば動かすだけ、これまでの華々しい〝表〟だけに視線を向け、男が言った〝裏〟を忘れていた自分の迂闊な思念を思い知らされて行った。

諒と亜季は父が遺した幾億もの莫大な財産で贅沢極まりない生活を満喫していた。父が生きていた頃の豪壮な家屋敷を売った代価として数え切れないような桁の金額の収入を兄妹は丸々掌中にし、二人暮らしには余裕の有り過ぎる間取りの、都内では特等地のマンションを購入した。家政婦も現在は二人雇い、勤務先の音大には外車で通う諒と、美大にやはり高級車で通学する亜季は、職場内や学内関係者たちによって例外なく羨望の的になる超ブルジョア兄妹と言ってよかった。庶民にはとても手の届かない高価な食材を使用した朝と晩の食事、趣味のための遣い放題の毎月の小遣い、高級なブランドものの衣服や装飾品、それらは兄妹にとって当たり前の恵みであり、そして亜季は美大を卒業後仏国に留学することが決まっており、諒も亜季と前後して西欧のどこかの国の音楽学校に入学することを目下検討しているところだった。

「あの人はあたしに何かを教えてくれたわ」

鉛筆の先の動きを停めて亜季がぽつりと言った途端、諒の両指の左右の流れも相前後して停まった。

「何だって？」

諒がピアノの向こうからやや近眼の両目を細めて身を乗り出すと、

「こうしたあたしと兄さんの贅沢の限りを尽くした豪華な生活の裏で、どれだけたくさんの底辺での貧しい生活があるか――」

「突然変なことを言うんだな」

それから、ちっ、と自嘲気味に舌打ちした後、諒はピアノの前から立ち上がり、

「相当夕方のそのおっさんの言葉に影響を受けたようだな。貿易商をやっていた俺たち兄妹の祖父が一代で莫大な財産を築き上げた。そしてそれをそっくり相続した親父が早くに亡くなってその遺産を俺たちが受け継いだ。それだけの話さ。表の世界も裏の世界もないよ」

「それでもあの人はいいことをあたしに言ってくれたような気がするわ」

「まあ、勝手な解釈はおまえの自由だ。それ――」

それ、と言って、部屋の出口に向かって歩き出しながら、諒がいつのまに部屋に運んでいたのか数冊の古びたアルバムを指差した。

「手掛かりはその男が親父の古い知り合い、そして昔親父に使われていたということだけだ」

「ええ」

そして、

「使われていた、というか雇われていたという表現だったわ」

まあ、どっちでも同じようなものだ、と諒は言って、

「とにかくしっかりと顔を見たのは箱崎さんとおまえだけだ。使われていたとはどこで使われていたのか。俺は最初親父の会社だと思っていた。しかし、会社だけではない。生前の親父が建てたあの広大な屋敷で昔父娘の使用人がいたことを思い出した。その中の写真に使用人だった男が写っている。まあ違うと思うがね。用はそれだけ。何の興味もない。以後関わり合わない。そのおっさん、表だとか裏だとかまったく変なことを口走ってくれたものだよ。もう寝る」

それだけを早口で言った後、諒は笑顔を向けずにさっさと妹の部屋から素っ気なく出て行った。兄がいなくなった後、亜季は絨毯の上に横座りになってその三冊の古びたアルバムを手にした。昔父が使用人として家に置いていた父娘はいったいどれぐらいの間自分たち一家と生活を共にしていたのだろう。たしか亜季が七歳か八歳の頃だったと思う。諒が言うように、たしかに父娘の二人の使用人が家の離れに起居していたことは記憶していた。半年の間だったか一年の間だった

か。

「私はとうの昔、あなたのお父さんに雇われていた者だが――」

そうだった。亜季の鼓膜の奥にようやく今鮮明にはっきりとあのときの男の声が蘇った。たしかに個展会場前の廊下であの男はそんなことをぽつりと言ったのだ。だが、その父娘の父親の顔も自分と同年ぐらいだったはずの娘の顔も亜季はまったく覚えていなかった。アルバムを置いて行った諒は、その父娘の父親の方が今日自分の個展会場に現れたのではないかと言いたいのだろう。

「表ばかりじゃいけませんよ。たまには裏も描かなくては――」

男の言ったその言葉が心臓の鼓動の奥から微細に鳴り響くのを亜季は意識した。

ほぼ奇跡のような形で、そのアルバムの中の一冊からその男らしい写真を見つけたのは黄ばんだページをめくり始めてからいくらもしないときだった。豪壮な玄関の前で両親と諒と亜季の蔭になったように、風采の上がらない感じの四十歳ぐらいの男とその娘らしいおかっぱ頭の少女が立っている写真だ。写真の下には〝小暮親子と〟と万年筆で走り書きがしてあった。小さく写っている男の顔はよく判別できなかった。机の中から虫眼鏡を取り出して仔細に眺めることを繰り返したが、亜季にはやはりその表情は曖昧模糊としたものに変わりはなかった。華やかな世界には必ずその裏で過酷な現実があるということ、きらびやかな光景の蔭には必ず凄惨な現実が横たわっていること、これだけ長い言葉によってではなかったが、亜季にKの短編小説のことまで思い出させてくれたように、ほんの一言でそんなことを昨日亜季に教えてくれたその人はふたたび自分の目の前に現れてくれるのだろうか。あれっきり姿を見せないのではないだろうか。

戸外では嫌な感じの風が窓のすぐ先の柿の樹の枝先を揺さぶっている音がしていた。春一番にはまだ早いな、と亜季は思った。そして、今日は初めての自分の個展の二日目になることを亜季は思い出した。


亜季は翌日の日曜日の九時きっかりに、Rビル前の有料駐車場に愛用の高級車を停めると、なぜか一刻を争うかのような急いた歩調でビルの六階の自分の個展会場に足を運んだ。箱崎江津子はすでに到着しており、会場の入り口際の受付の机の前に座って眠そうな目を親友の顔に向けていた。自分より先に会場に着いていた友に労いと感謝の微笑を送ると、亜季はつかつかと落ち着かない靴音を立てて北側の一角に展示されている例の花火を描いた水彩画の前に立った。

眠かった。とにかく昨晩は一睡もせずに今腕に抱えているデッサン画に取り組んでいたのだ。亜季は早速ついさっき仕上がったばかりの花火会場での火薬大爆発による惨劇を描いた絵を取り出した。鉛筆によるデッサン画を収めた黒い額縁を風呂敷から外部の空気にそっと晒し、それを静かに花火の絵の真下の床の上のパネルの脚に立て掛けるようにして置いた。そんな一種異様とも言える動作をする亜季のそばに江津子がゆっくり近寄って来た。江津子は花火の絵を指差し、

「この絵、日頃からあなたがえらく気に入っていた水彩画じゃないの?」

「そうよ」

亜季が屈んだ姿勢のままで足元のデッサン画に視線を据えたまま返答すると、

「あなたが立て掛けたその絵、この花火大会の絵と何か関係があるの?」

「夜空を舞台にしての華麗な火玉の打ち上げの裏の現実を描いた絵なのよ。昨晩寝てないの。お蔭で眠いわ」

「気味の悪い絵ね。まるで色彩を施すのがためらわれるような作品に思える――」

「花火の絵が表なら、これはその裏の世界の絵よ」

漆黒の空の闇を背景にして太い川原の帯が横たわり、重い水の流れを行く手の橋桁が真っ二つに裂き、葦の原で覆われた川岸の手前には周囲二十メートル程の空き地があり、そこを土俵にして花火師やその大会の関係者たちの千切れた腕や指や胴体がこの世のものとは思えない様相を呈して散乱している。亜季はその地獄そのものの光景にあらためて視線を注ぎ、あの晩鼻孔に流れ込んで来た硝煙と血の匂いに違いない猖獗を極める空気を今もまたここで吸い込んだような気がした。

おお、何て嫌な絵!　親しい間柄とはいえ少しのためらいも遠慮もなく、江津子が友人が徹夜までして精魂を傾けて仕上げたらしいその絵をそんなふうに評した。江津子のその感想を耳にしながら、これが現実なのだ、と亜季は乾いた上唇を前歯で噛んで呟いた。美しいものは必ずその底に醜いものがあるのだ。現存するすべて事象には例外なくそんな貸借関係が成り立っているのだ。昨日ふらりと現れて亜季に変なことを言い置いて行った男は、案外そんな現実で亜季の目を覚ましてやりたかったのかもしれない。

では、亜季のどんな目を覚まさせるというのか。なぜ優雅な生活に浸り切っている亜季の目を覚まさせるのか。ということは、男は亜季のその優雅な生活を知っているということになるのか。やはり、男は十年程前に亜季の豪壮な贅を凝らした屋敷の離れに使用人として住んでいたあの写真に写っている彼だろうか。わからない。

デッサン画の中の千切れた腕とそこから溢れるように流れる血液の部分に視線を凝らしてそんなことを考えている亜季に、その絵からいかにも耐えられないという顔をして目をそらし、そばの窓際に立って曇った師走の日曜の朝の閑散とした舗道を眺めていた江津子が言った。

「今週の木曜日の夕方頃でいいかしら。先日お願いした例の件――」

そんな江津子に、

「その日ならたぶん大丈夫。今週は重要な講義も実習もないからあたしは構わない。まだ個展の最中だけど会場の留守番は誰かクラスメートにでも頼むわ。でも、何だか気が引けるな。まさかあたしの受賞を妬んでいる人ではないでしょうね？」

「そんな人ではない。あなたと会って一言あの受賞作を称賛したいと言っているのよ。『塔』という傑作を物した年下のあなたに一種の憧れの情さえ抱いているのかも――」

「そう」

「本来ならこちらから出向かなくてはならないのに、とも言っていた。逆に呼びつけて恐縮しているみたい――」

箱崎江津子の知り合いで彼女の高校の三年先輩にあたる、現在グラフィックデザイナーとして都内の中堅の印刷会社に勤める三科佐和子という無名の女流画家がいた。彼女も亜季が金賞を受賞したK新聞社主催の絵画コンクールに応募していたものの入賞とは縁がなく、だが見事金賞に輝いた亜季の「塔」という抽象画にいたく感心し、祝意の言葉を述べながら精一杯の手作りの料理を振る舞い、同時にアトリエにある自分のこれまで描いた数々の作品を亜季にぜひ鑑賞して貰いたいと言っていた。無論、亜季にも異存はなかった。祝意の言葉を頂戴するどころか、逆に絵画の世界では先輩なのかもしれないその画家の作品を鑑賞させていただき、少しでも今後の自分の制作活動の糧にしたいと願うくらいだった。

亜季と江津子がそんな会話を交わしていると、会場に驚くべきことが起きた。個展二日目のその日の最初の来場者の姿を目にした二人は同時に驚愕で息を呑んだ。

例のあの男だった。昨日の個展開場時間があとわずかという頃に来場した、亜季を会場前の廊下に呼び出し、謎の言葉を亜季の耳に吹き込んで立ち去ったあの男だった。彼は昨日と同じ出で立ちだった。地味な灰色のダウンジャケットをだらしなく身につけ、櫛を通しているとは思えないぼさぼさの頭にときおり指先を伸ばし、それが癖らしい控え目な咳払いを絶えず会場内に響き渡らせ、ゆっくり展示された作品の間の通路を歩いて来た。

二人の立つ場所から男の横顔が見えた。彼は尖った顎をそらし気味にして亜季の花瓶を描いた写生画にじっと視線を当てていた。男の足が方向を変えて少しずつ二人の影に近寄って来た。男の目が例の花火の絵の正面で停まった。そして、ゆっくり視線をその下方に立て掛けられたデッサン画の入った額縁に移動させた。

そのとき男の瞼が一瞬大きく見開かれた。唾液を喉に通す奇妙な音が亜季の鼓膜の奥に流れた。はっとしたように男の潤んだ目が亜季の顔に向けられた。これは、と男の唇が動いたように見えた。それから、これは昨日展示されていないものでしたよね、と続けて動くのをやはり亜季はしっかり目を見開いた視野の片隅でとらえた。すかさず、そうです、そのとおりですわ、とはっきり声に出して亜季は男の潤む両の目から視線を離さずに言った。

「今朝早く徹夜で仕上げたデッサン画です。あなたが指摘した『塔』の裏はまだですけど、あなたのあのときの言葉どおり、たまたまあの直後目に留まったこの花火の絵の裏側を描いたのです」

さらに、

「あなたは昔からあたしを知っている人ではないのですか。小暮さん、そうでしょう？　昔あたしの家で働いていた方でしょう？」

その亜季の言葉に対して男は無言だった。そのとおりだとも言わず、そうだとも言わずに無言でいた。白を切れるところまではとことん白を切るのだという相手の意図さえ亜季には感じられた。亜季の手がすかさず上着の内ポケットに伸ばされた。昨晩目にした自分の家族と小暮親子の例の古びた白黒の集合写真だった。その一枚を眼前に突きつけられた小暮の顔が瞬時曇り、そしてその次の瞬間には醜く歪んだ。彼は観念したように、

「いかにも僕の名は小暮です。あなたのお父さんに半年程雇われていて家屋敷の植木の手入れ、庭の管理、内庭やプールやテニスコートの清掃なんかをやっていました。それにしても、亜季お嬢さん、よく僕のことを――」

覚えていてくれましたね、と言いかけた小暮を遮るように、

「そう簡単には思い出せませんでしたわ。昨晩は兄と二人で昔の古いアルバムなどをめくったりして――」

それから、

「あたしの『塔』の金賞入選は新聞で知ったのですか？」

亜季が訊くと、

「そう。そしてあなたの個展のことは美大の近辺を歩いていたとき偶然あなた自身から案内のリーフレットをいただいて知った――」

小暮は言って、

「実を言うと僕は二度とこの会場に来るつもりはなかった。しかし、なぜか今朝になってふらりと足がここに向いてしまったのです。昨日、亜季お嬢さんに謎めいたことを言って立ち去った無責任な自分を責めていたのかもしれません」

ふらりと足がここに向いてしまった！　たしかに小暮は今そう言った。では、その足はどこに向いたというのだろうか。そうだ､それはやはり「塔」の絵に向いたのだ。あたしの描いた「塔」の画面に彼の二本の足は吸い寄せられたのだ、と亜季は思った。

「無責任な自分とおっしゃいましたが、それはあたしに裏を描けと言ったあの言葉、取り消して貰えるということかしら」

亜季が言うと、

「取り消そうと思っていた。ついさっきまでは、ね」

「ついさっきまで？」

「ええ。しかし、取り消さないことにします。この絵——」

小暮はそう言ってまず目の前のパネルに飾られた花火の絵を指差し、その後視線をその下方に置かれた、亜季が苦心して仕上げたばかりのデッサン画の入った額を顎でしゃくった。

「ごらんなさい、ほら、あなたにはこうしてりっぱな裏が描けるではないですか。華々しさの裏にあるどん底を描けるではないですか。こんな見事な裏を描ける人に向かって昨日の言葉を取り消すつもりはありませんよ」

「では、やはりあたしに『塔』の裏の世界を描けと——」

亜季が感慨深げに言うと、小暮はこくりと大きく頷き、切れ長の目尻に皺の寄った顔を人懐こそうに綻ばせてふたたびもっと大きく頷いた。そうだった。やはり彼は小暮という、昔ある時期自分の広大な屋敷の離れにその一人娘と共に起居していた男だった。一旦そのことを確信すると、矢継ぎ早に小暮が自分の邸宅のあちこちを修繕したり、庭木の剪定をしたりしていた姿がくっきりと亜季の脳裏に蘇って来た。

あれはどの季節の頃だっただろうか。自分と兄の諒は両親と共に朝の豪華な朝食の卓に座っていた。その朝食の膳にたまたま亜季の苦手な具材が混じっていた。諒も同じくその高級キャビアが妹と同様に苦手で嫌いだった。厳格な父はそんな兄妹の気まぐれな好き嫌いを叱った。兄が反抗した。短気な父のぶ厚い掌が兄の頬を打った。兄は泣きながら妹の手を引いて食卓を離れた。亜季と諒は家政婦たちの遠慮がちの制止をふりきって内庭に出た。そうだ。そのとき木枯らしが吹き荒れていたからたぶん季節は冬の中頃だったに違いない。頑固な父が妻や家政婦たちにしばらく兄妹を家に入れるなと厳命していた。それで兄妹はしばらく広い内庭に立ったまま寒風の吹き荒れる中で身体を震わせていたのだ。ときおり家政婦たちが家の内部に入れて差し上げるようにと父を取り成してくれていたようだが父は断じて許さなかった。

寝衣にカーディガンを羽織っただけの亜季と諒は互いに凍て付くような冷たい身体を寄せ合って寒さを凌いだ。しかし北風は容易に歇《や》んではくれず、三十分ぐらいの間兄妹は寒気の襲来に耐えた。兄妹に救いの手が差し伸べられたのは、ふと背後に立った小暮の一言だった。

「さあ、うちにおいでなさい。大袈裟だが、このままでは凍え死んでしまうよ」

そんな小暮に肩を抱かれるようにして、亜季と諒は内庭にある雑木林の木々に沿って崩れかけた板塀の向こうにある住み込みの使用人専用の裏の離れに誘導された。三人は歩きながらこんな会話を交わした。当時は四十をまだいくらも超えないぐらいの年齢のはずだった小暮の言葉は、厳格な父の怒声を耳にした後だったせいか懐に入れた湯たんぽのように温かいものに兄妹には感じられた。

「どうしてお父さんに叱られたの？」

そんなさりげない小暮の優しい語調の質問に、

「好き嫌いを叱られたんだ」

幾分反省しているのか、諒が小声で返答した。

「何が嫌いだったの？」

「紫色のキャビア。僕、あの粒々とグロテスクで不気味な色がたまらなく気持ち悪いんだ」

「そうかい？　小父さんはあれ、大好きだなあ」

そして小暮は、

「朝から贅沢なものを口にしているんだな。小父さん、羨ましいよ」

「小父さん、キャビア、好物？」

今度は途中で風の勢いで千切れた声で亜季が訊くと、

「うん、好きだよ」

「じゃあ、今度うちに食べにおいでよ」

「ありがとう」

「きっとだよ。小父さん」

今度は諒が言うと、

「ああ。本当にありがとう」

「帰ったらお父さんに頼んでおくよ」

ほどなく三人は突風から逃れるようにして雑草の点在した芝生の向こうの離れにたどり着いた。入り口で小暮の娘のさおりが所在無げに父を待って立っていた。通っている小学校は別だったが、さおりはたしか亜季とほぼ同じぐらいの年齢だった。亜季は都心にある名門私大の付属小学校、さおりは近所の区立の小学校に籍を置いていた。さおりの背後から米飯の炊ける香ばしい匂いと味噌汁の煮だったほっとするような香りが漂い流れていた。

空腹だった亜季と諒は父娘に促されて貧しい使用人の朝の食卓の前に座った。その朝の献立は鰺の干物と納豆と沢庵、それに豆腐のたくさん入った味噌汁だったが、兄妹にはとても美味で新鮮で家庭の味らしい内容に思われ、さおりの給仕でがつがつと米飯を三杯ずつあっという間に平らげた。満腹になり幸福感に浸って背中を反らしながら溜息をついた兄妹に、沢庵を齧りながらさおりが、

「どうして旦那様に叱られたの？」

と、不思議そうに両の目を瞬かせて訊いた。

「キャビアが二人共苦手らしい」

半ば困惑顔でそう答えた小暮に、

「キャビアって何？」

また訊いたさおりに、

「鮫の卵だよ」

諒が珍しそうに家具らしいものがあまりない殺風景な四畳半の部屋を見回しながら答えた。

「今度よかったらうちに食べにおいでよ、さおりちゃん――」

亜季は言って、

「あたしのぶんも全部食べていいわよ」

「うん。ありがとう」

離れの家屋にはときおり冷たく凍るような隙間風が流れ込んで来た。天井の一部には蜘蛛の巣らしいものが張り巡らされており、亜季には子供心にも目の前の父娘の生活の貧しさを窺い知ることができた。台所の窓ガラスが絶えず北風を受けて耳障りな音を奏でていたし、部屋の中にはテレビも炬燵もなかった。それでも兄妹とその使用人の父娘はそれから一時間程双六で遊んでときの経つのも忘れて楽しい時間を過ごした。しばらくして家政婦の一人が兄妹を迎えに来た。父はまったく怒ってはいないということを信じられるその老家政婦の和やかな目で、兄妹は安心して帰ることにした。

そして、その直後小暮は茶の間から玄関の三和土とは名ばかりの靴脱ぎ場で亜季に小声でこんなことを言ったのだ。お嬢さん、と小暮は亜季の右の鼓膜にそっと息を吹き込むような溜息混じりの声で、

「亜季お嬢さん一家の優雅で豪勢な生活の裏で、僕たちのようなどん底の現実があるのです」

さらに続けて、

「富裕の裏には必ず貧困があるのです――」

そんな小暮の言葉は少女の亜季には到底理解できないことを承知の、まるで自分自身に言い聞かせるかのような真剣な語勢として感じられた。その刹那の亜季にはたぶん理解の埒外にあった言葉だったのだろうが、今この個展会場の一角に立ってその小暮と向かい合っていると、不思議とそのときの彼の切実な言葉が深い理解の頷きを伴いながら鼓膜に蘇って来るような気がした。

「たしかあのときの小暮さんは、あたしたち一家とは正反対の立ち位置を意識してそんなことを言ったはずです。富裕と貧困の切っても切れない背中合わせの現実を――」

記憶の奥から現実に戻された亜季は言って、息を呑んで正面に立つ小暮の妙に浅黒い年齢よりも老けて見えるに違いない細面を見据えた。約十年前に目の前の亜季に対して発した言葉を指摘された小暮は、言ったかもしれませんね、と小さく囁いて下を向いた。

「だって、今のこの瞬間もあなたにいちばん言いたいのはそんなことなんだ」

今度はやや大き目の声で正直に小暮は呟き、

「どうでしょう？　これからさおりの奴に会っていただけませんか？　僕たち父娘の住むアパートまでここからそう遠いところではない」

「これから？」

亜季が戸惑いの目を小暮に向けると、

「迷惑ですか？」

「急過ぎます」

「娘が亜季お嬢さんの金賞に入選した絵のことを話題にしたがっているのです」

「だからって、突然では困るわ」

「そうよ。当たり前ではないですか」

一歩足を前に踏み込んだ後光る目を向け、亜季という親友とどうやら古くからの知り合いであるらしい男に抗議の口調で江津子は言って、

「そんな理由で、この個展会場の主である曽根木がこの場を容易に外すことはできません」

「いいえ、まいります」

首を横に振って、きっぱりと言った亜季が、

「小暮さおりちゃん。顔ははっきり覚えていないけれど昨日あたしに何か運命的なことを教えてくれた小暮さんに対してのお礼のつもりもあります。お願い、江津子。お昼までには戻るわ」

「あなたがそう言うなら、あたしは構わないけど――」

そう渋々呟いた江津子が恨みがましい目を小暮に向けた。では、と言って会場を去った小暮の後に続いて亜季も急いで自分のダウンジャケットの袖に腕を通した。亜季の背に、三科佐和子さんといいあの人の娘さんといい急に売れっ子ね、と江津子が皮肉っぽい語調で言った。

恐縮する小暮を制して亜季は自分の高級車の助手席に無理矢理小暮を乗せた。ハンドルに両手を添えてそれを軽快に捌きながら、亜季は、この小暮とはゆっくり二人きりでこれから話さなければならないことが山程あるような気がしていた。定かではない記憶をふくめて、小暮父娘と自分たち一家との繋がりの、年月にしてかなり長い空白の期間をまず埋めなければならなかった。

それにしても使用人という職を離れ、あのあばら家を出てからどんな生活を父娘は送って来たのか。あのとき「富裕の裏には必ず貧困があるのです――」と言った小暮の身に、その言葉に一層の真実味を帯びさせる何かがはたして起きたのか。

そして、目下自分と小暮が外車を使用して小暮父娘の起居する場所に向かう理由はいったい何か。さおりはそこで何をしながら自分を待っているのか。礼儀としてはさおりの側から自分のいる個展会場に顔を出すのが筋なのに、なぜ亜季の方が小暮にこうして引っ張って行かれるのか。なぜ小暮がそれを自分に頼んだのか。

「それはそうとご両親はお元気ですか？」

小暮が感情を抑制した声で訊いた。

「とうに亡くなりましたわ」

「そうですか」

「貿易商だった父が亡くなったのはあたしが美大に入学する前の年でした」

「そう――」

「現在は音大に勤める兄と二人暮らしです。小暮さん父娘も住んでいらしたあの邸宅はとうに処分してしまいましたわ」

「そうでしたか。それはまったく知らなかったな――」

そう呟いた小暮は、それから今度は目下の自分の境遇を語り始めた。亜季の父親の使用人の職を辞した後、冷凍食品の製造工、自動車の営業マン、業界紙の記者、トラックの運転手などの仕事を転々として、三年程前から都内の警備会社に就職し、先月からたまたま亜季の個展が開催されているRビルの近くにある某商社の建物に夜警員として派遣されているということだった。昨日会場に寄ったのが通勤途中で、昨晩は夜勤として宿直室に泊り、さきほど勤務時間を終えてまたふらりとひょっとして亜季がいるのかもしれないあの個展会場に足を向けたのだ。その後、小暮は簡略に亜季の描いた「塔」という油絵の抽象画がK新聞社主催の絵画コンクールの金賞に入賞した祝いの言葉をあらためて口にし、彼の娘のさおりも趣味で絵を描いているのだと言った。絵画の学校か画塾にでも通っていらっしゃるのですか？　と亜季は訊いたが小暮は黙っていた。

さらに、亜季は、

「昨日、小暮さんがおっしゃったこと――」

「ええ」

「表ばかりではなく裏も描きなさいとおっしゃったあなたの言葉、正直言ってまんざら不快でもなかったんです」

それから、

「裏も描けというご助言はあの『塔』という絵について言っていただいたと解釈してよいのですか？」

「なぜそれが分かります？」

「だって、ずいぶん長い時間、あなたはあの『塔』の絵の前に立ち尽くして熱心に眺めていらした――」

「廊下に呼び出される前に僕の来場と鑑賞に気がついていたんですね」

「ええ。個展の一日目も終わりに近く、ほかに来場者も疎らでしたから――」

そう言って、亜季はちらりと横方に座る小暮の端正で掘りの深い横顔に目を遣り、小暮が次に何を言ってくるのかをじっと待った。さすがに亜季は譲れなかった。あの「塔」という自身の最高傑作の油絵だけにはそれに裏があるとは言われたくなかった。言われてたまるかと思った。裏などあるはずがなかった。何か底辺にあるものを支えにして成り立っている作品などではなかった。いかなる犠牲の上に立っているものでもなかった。あの絵を成り立たせているものはあの絵自身だった。裏を描けなどとこれまでの自分の芸術的苦心の圏外にいた小暮になど指摘されたくはなかった。あの絵には表も裏もなかった。

亜季はある劇作家の随筆で、物事を華々しくしているのとは何か正反対のものが頂上と底辺に存在しているのだという文章を読んだことがあったが、あの「塔」についてだけはどうしても小暮の助言は聞き入れたくはなかった。「塔」の画面を美しくしているものは亜季の精魂を傾けた筆致の成せる業に相違なかった。他者の何物にも助けられてなどいなかった。あの絵の裏にはいかなる犠牲もないと信じたかった。花火の流麗な色彩の底辺に火薬の大爆発によって無残な犠牲者がいたことを信じても、また昔の亜季一家の食卓の豪華な彩りの裏に小暮父娘の貧しい食膳の存在があることを認めても、あの「塔」の絵に限ってはそんな裏の領域など信じたくはなかった。

そして、とうとう小暮の次の言葉を聞いたとき、ぎょっとした亜季の両の目が大きく見開かれた。

そのとき、小暮は言ったのだ。亜季にとってまさしく図星を言い切ったのだ。

「亜季お嬢さんにとっては、裏を描けという僕の助言がはなはだ迷惑だったようですね」

そろそろ弥生特有の慌ただしい活気を呈し始めた窓外に向けてさりげなく囁くように言った小暮に、

「なぜわかるのですか？」

訊いた亜季に、

「昨日のあの個展会場前でのあなたの目――」

さらに、

「僕があんなことを言った直後のあなたの目、とても脅威でしたよ。獲物を狙って敏捷に目を動かす獣のようだった。いや、失敬――」

「あたし、そんな目をしていましたか?」

それには答えずに小暮は、

「娘も絵を描いていて、ね。ああ、それはさっき言いましたか」

「ええ。おっしゃいました。娘さんはどんな絵をお描きになるのですか?」

「いろいろですよ。人物画を描くこともあれば静物や風景を描くこともある。数年前に勤めていた蒲鉾工場を統合失調症という病気で退職してからは一日中部屋に閉じこもったきりだ。娘の絵は――」

そこまで小暮が言ったとき、不意に車道の混雑した背後から救急車のサイレンが響き渡った。慌てて亜季はブレーキペダルを踏み込んでジグザグに車道を走る救急車をやり過ごした。

娘の絵は、とこの人は言った、と亜季は思った。さらに、まさか娘の描いた数々の絵が自分の、たとえば「塔」という作品の底辺に横たわっているとでもこの人は言いたいのだろうか、とも思った。

三

曽根木亜季の愛用の高級車が停止したのは、N区の外れにある住宅地に隣接した一棟の、さして大きくもない二階建ての鉄筋アパートの前の駐車場だった。外壁に沿った螺旋階段を小暮に続いて上り終えた亜季に、どうぞ、と目だけで小暮が入室を促した。

黴臭い玄関前の六畳間の内部は薄暗かった。小暮さおりの姿は、太陽の淡い光を浴びたガラス窓を背にして逆光になっていたが、その痩せた輪郭は鮮明になっていた。亜季は黙って一礼すると、やはり小暮に続いて彼が床の一角に整えたスリッパに爪先を入れた。

「昨晩から何か変わったことはなかったかい？」

そんな父親の声に、さおりは表情を変えることもなく首を横に軽く振り、二人が到着する前から没頭していた絵画の制作を続けていた。亜季が目を細めると、木製パレットとカンバスに油彩絵の具を塗りたくった絵筆を往復させるさおりの姿態が次第にくっきりとして来た。

食堂兼居間の六畳間がどうやらさおりのアトリエにでも使われているらしかった。六畳間の向こうにはやはり薄暗い四畳半の部屋が父娘の寝室にでもなっているらしく、寝具の一部が亜季の立つ場所から窺えた。

お客さんだよ、という小暮の声ではっとしたさおりはそのとき初めて亜季の訪問に気がついたらしかった。さおりは頷き、誰かわかるかい？　と訊いた父親に、さあ、と首を傾げ、しばし怪しげな視線を虚空に彷徨わせていたが、数秒後に、あっ、と言うように乾いた唇を開けて亜季の顔に視線を投げた。そして、あんなに話したがっていたじゃないか、という小暮の声にこくりと頷き、弾かれたように背筋を伸ばしながら椅子から腰を外してすっくと立ち上がった。

「あたし、曽根木亜季です」

そう言ってさりげなく差し出した亜季の右手の指先をぎこちなくさおりは掴んだ。さおりの眼球は潤んでいた。その後さおりは笑顔を父親に向け、少しの間睨んだ。小暮は頷き、幾度も首を縦に振った。二人のそのそぶりの奥に、他者の誰もが介入することのできない父と娘の肉親同士だけが共有できるあうんの呼吸が亜季にも察せられた。亜季をここに連れて来るかもしれないと一言も娘に語っていなかった父を、さおりがじゃれながら軽く責めているかのような気配も感じられた。曽根木さん、とほどなく視線を正面に立つ亜季に転じてさおりが口を開いた。

「曽根木さん、金賞を受賞したあの抽象画には本当に感激しました」

そのさおりの感慨たっぷりの言葉に、

「ありがとう。でも、入選はたぶんまぐれよ」

亜季が照れながら言うと、

「あたし、曽根木さんの顔、何となく記憶しています。わずかの期間だけだったけど、よくお手玉とお人形の着せ替えなんかで遊んでいただいたわ」

「あたしも少しだけどさおりさんのことは覚えている。どことなく昔どおりの面影があるもの――」

そして、

「絵の制作中にお邪魔したのは悪かったかしら」

臙脂の絨毯の上の円卓にさおりと向かい合って小暮に勧められた椅子に腰を沈めながら亜季は言った。

「いいのです。三ヵ月前から取り組んでいた絵がたった今完成したばかりなの」

台所から運んで来た急須と縁の欠けた湯呑み茶碗を亜季の前に置いた小暮が、

「今日はいい日じゃないか。苦心して描いていた絵は仕上がるし、憧れの女流画家にはこうして対面できるし――」

それから、小暮は亜季の背後を回ってさっきまで娘が向き合っていたカンバスのすぐそばに近寄った。亜季も身を乗り出し、首を伸ばして窓外からの白っぽい午前の太陽光線を浴びている油彩画を覗き込んだ。

土色の雄大な山脈を描いた絵だった。水色の澄んだ空の下の頂には雪らしい白いものが描かれ、山の中心部には幾筋もの稜線が放射状に下方に向けて流れている。力強さを感じさせる画風のどこかに神経を病んでいるらしいさおりの繊細な筆致が画面のあちこちに散らばっているというような奇妙な風景画だった。

素晴らしいわ、とお世辞でもなく感嘆の声をあげた亜季に、そう、傑作かもしれない、と謙遜しながらさおりが呟いた。しばらく小暮はその絵の仕上がり具合については沈黙していた。良いとも悪いとも言わなかった。小暮のほぼ一分間の沈黙が三人の間にばつの悪い空気を作った。少ししてさおりが、

「お父さんの言いたいことはわかっているわ」

言って、

「また例の話でしょう？　もう聞き飽きたわ」

亜季にも小暮の口にしたいことはわかるような気がした。さおりがさっき完成させたばかりの絵が輝かしい栄冠を恣にする大傑作だとしても、その栄誉と栄光の根底にはちょっと観では推察できない醜い現実が横たわっている、そんなことを小暮は言いたいのに違いないのだ。自分の金賞を受賞したあの「塔」の絵と同じように、その醜い現実までをも描き切っていないと言いたいのだ。どんな美しい事物にも、その裏側には両極の一方に位置する過酷な事象が秘められている。もう聞き飽きたと言ったさおりのやる瀬ない立場は亜季にも理解できるような気がした。

「ひょっとして、お父さんは曽根木さんの受賞作品にも同じような注文をつけたの？」

ほどなくさおりがそんな質し方を父にしても、小暮は沈黙を守り続けていた。依然として唇を意志的に結び、光る目をじっと山脈を描いたその絵に当て続けている。亜季はよほどそのとおりだと言ってしまいたかった。しかし、そんなさおりの言葉を肯定することは亜季にとってできな

かった。さおりと共同戦線を張ることはできなかった。

さおりに同調して小暮と対立するには、亜季はあまりにも重大な何かを小暮に教えられてしまっていた。たしかに今目の前にある山の絵は見事な仕上がりだった。この絵のどこにも対極の部分など隠れていなくてもその完成度に微塵も影響をあたえるものではなかった。たとえ対極となる対象があったとしても、それで以てこの絵の完成度を一層高めているという想像などできなかった。

「お父さんは曽根木さんに言ったの？　あの抽象画に陽と陰、あるいは表と裏の二つの要素が成立していないとでも言ったの？」

「ああ、言った。昨日、個展会場で父さんは亜季お嬢さんにそう指摘した」

そんな開き直ったような小暮の言葉に、亜季は壁の一点に視線を吸い付かせて例の「塔」の絵についての自問自答を繰り返した。

やはり小暮の言ったことは真実の一端に手が届いているのかもしれない。「塔」の絵にはたしかに両極端の二つの要素が天秤のようにバランスを保って両存していないのかもしれない。小暮の言うように、自分は表の部分だけに視線を集中させてあの絵と数ヵ月間取り組んで来たのかもしれない。たとえば、困窮者たちから目をそらして資産家だけを描いていたのかもしれない。その証拠に、昨晩面白いようにあの花火の絵の根底にある火薬大爆発の現場のデッサン画をすらすらと描けたではないか。それは両極端のうちの片方だけを描いて来たことへの反省や曖昧模糊とした罪の意識の原動力の裏返し以外の何物でもなかったのかもしれない。

少なくとも、花火の絵を描いていたときの自分はその根底にある凄惨な事故現場など想像すらしていなかったことはたしかだった。やはり裏の部分を意識しながら表の部分の花火の華麗な光の輪を描くべきだったのかもしれない。裏を描き切っていないと罵倒されても仕方のない芸術作品だったのかもしれない。表の領域だけに意識を貼り付かせていたことは否定できないのかもしれない。それが絵画の完成度にとって良いことなのか悪いことなのかは別にして、だが。

「あたし、曽根木さんの絵に難癖をつけたお父さんをどうかと思うわ」

さおりが言うと、

「難癖とはひどいな」

小暮は苦笑して、

「父さんの言っているのは何も絵画の世界についてだけではない。どんなものにも裏があってこその表があるということだよ。父さんの独断に思われるかもしれないけど、この世の事象はすべてそれで成り立っていると言いたいんだ」

「絵の領域にまでそんな釣り合いを適用させないでよ」

「この世の事象はすべてそれで成り立っている以上、絵画の世界だけをそこに割り込ませないわけには行かない」

そんな小暮の言葉に、もうたくさん！ と絶叫を発してさおりは奥の四畳半に駆け込んで敷きっ放しにしてあった布団に横たわって毛布を頭から引っ被った。そして、その後その毛布の表面が微細に震え始めた。亜季には、しゃくりあげているさおりの背筋が一種異様な感じで震えているのがわかった。咄嗟に、さおりさん、と呼びかけたが毛布の中のさおりはただ間歇的な嗚咽を洩らし続けているだけだった。呆気に取られた亜季の肩先にそっと小暮の掌の先が載せられた。小暮が力なく首を横に振った。亜季が軽く頷いた。さあ、というように亜季を誘導して出口に向かいかけた小暮が、

「十分かそこら僕らは外に出ていましょう」

「でも――」

「あいつにとって、それがいちばんの治療法なんです」

さきほどさおりが数年前から統合失調症を患っていると小暮に告げられたことを亜季は思い出して、さおりが毛布を被って震えている奥の薄暗い部屋を振り返りながら小暮の後に続いて戸外に出た。

時刻は正午になる寸前だった。幾棟かのアパートの建物が辺りに林立する一角の先に小さな公園があり、そこでは数組かの親子連れが日曜日の家族団欒のひとときを満喫しながらすでに春先に近い温かい空気を胸一杯に誰もが吸い込んでいるように見えた。小暮はズボンのポケットに両手を突っ込んでそそくさと平たい雲の群れが風に流れる下に続く乾いた舗道を歩き始めた。亜季も小暮に続き、二人は公園内の東側に位置した滑り台と砂場の敷石の上に少し離れて並んで腰を

下ろした。辺りには弥生らしい優しい風が緩く吹き渡っていたが少しも寒くはなかった。お昼までには帰ると江津子に言い置いてここに来たことをそのとき亜季は思い出した。小暮がぽつりと言った。

「さっきも話しましたが、中学校を卒業する間近におかしな精神疾患に取り憑かれましてねえ、あいつ――」

「そうですか」

「環境によるものなのか生来の資質からのものなのか、もっとも我が一族にはそんな血はどこにもないはずなんですが、それきり学校にも行かなくなり一日中部屋に閉じこもって絵を描いている――」

そして、

「亜季お嬢さん、あなたはこう思っているんでしょう？　あいつの疾患にとって余計なことは言わない方がいいと――」

「あたしの入選作品の『塔』についての小暮さんの昨日のご批評の話ですか？」

「ええ、そうです」

「一点の絵についての表とか裏とかの話――」

「はい」

小暮はそう返事をして、

「しかし、それを言わないわけには行きませんよ。何事にも表と裏があってこの世は成り立っている。そのことをあいつに教えておきたいんです」

「でも、それを絵画の領域にまで適用するのには抵抗があります」

「やはりあなたもそうですか」

「はい」

またしても亜季の脳裏に自分が物したはずのあの「塔」の絵の構図が浮かんで来た。小暮はたしかに昨日のあの絵の裏を描けと言った。亜季が華やかな表層的な断面だけを意識してあの抽象画を描いたのだと容赦なく指摘した。日向にばかりではなく日陰にも目を向けて絵筆を動かしていたならあんな出来にはならなかっただろうと言われたのに等しかった。

あの「塔」の絵は、半年前に仏国での海外勤務を終えて帰国したばかりの総合商社に勤める叔父からお土産に貰った変哲のない絵葉書からヒントを得て亜季が取り組んで来たものだった。制作を開始したのがたしか初夏の頃で、そろそろ通学用の衣服を長袖から半袖のブラウスに衣替えをしようかと考えていた時節だった。絵筆を動かすにあたって、亜季は何を眺めていたわけではなかった。制作内容は抽象画だと最初から決めていたため、つい写生的性格を仕上がった絵がどことなく秘めることを恐れて、亜季はあの絵葉書のイメージ以外のいかなる鋳型にも定規にも頼らずに絵筆を動かしたのだ。

初夏から秋、さらに初冬にかけて、大学の講義と実習が終わると毎日決まった時刻に亜季は帰宅し、その抽象画に寝食をも忘れて取り組んだ。いや、忘れていたのははたして寝食だけだったのか。小暮はそれを裏の部分だと遠慮なく指摘した。では、裏の部分とは何か。自分は寝食のほかに何を忘れたままあの絵の制作とがっぷり四つに組み合って来たのか。そして、毎日絵筆を動かすときの自分は何を見ていたのか。カンバスの表面に視線を当てながら、同時に脳裏の奥では何を見ていたのか。本当に自分の制作姿勢については反省するべきところはなかったか。小暮の言うことは本当に的外れのことなのか。

ああ、わからない。亜季にはわからない。父親の遺産で購入した豪華な他人の誰もが羨む高級マンションの一室で仕上げた絵なのが小暮の指摘の原因なのか。夏は冷房の、冬は暖房の存分に効いた恵まれた環境で仕上げた作品だったのが問題なのか。それとも贅沢な夕食の献立を満喫し、その一方でその日の食事にも事欠く生活を送っている社会の底辺の困窮者たちのことなど微塵も意識上に登場させずに絵筆をせっせと動かしていたから小暮にあんな指摘をされた絵に仕上がったのか。わからない。亜季にはそこのところがどうしてもわからない!

昨晩、花火の光が彩る華麗な情景の根元で繰り広げられた打ち上げ場所での惨劇を亜季は描いた。物の見事に脳裏に浮かぶままをすらすらと描き切った。そんな姿勢を「塔」の絵と取り組むときに意識するべきだったのか。さらに、あの朝に小暮父娘に馳走になった粗末な朝食の直後、小暮がまだ幼い亜季の耳元で口にした社会の経済的格差のこと、そんなことを「塔」の絵と向き合っているときも意識して絵筆を握るべきだったのか。わからない。いよいよ亜季にはわからない。黒い混濁の泥沼の波間にそのときの亜季はいた。

「あたしの敬愛するKという劇作家が言っていましたわ」

春の匂いのする風に遊ぶしばらくの沈黙の後、亜季はそう切り出した。

「日本人の信奉する有名な山、それが美しい理由として、てっぺんに氷と雪、底部に炎があるからだと――」

「僕もその一文は何かで読んだことがあります」

小暮がそう応じると、

「小暮さんがおっしゃりたいのはあたしの『塔』の絵、あの絵にはその山でたとえれば氷か雪ばかりがあって炎がないと――」

「さあ、それはどうですか」

小暮は曖昧に言葉を濁した。

「そう受け取って構いません？」

「そうかもしれません。たださっきのような発作の基になった娘の精神疾患の苦悩の裏にはさまざまな人の栄冠がある。そんなことを結局僕は言いたかっただけなのかもしれない。さあ、そろそろ戻りませんか。さおりも落ち着いて来た頃でしょう。風が冷たくなって来たようです」

そう言って砂場の縁石から腰を上げた小暮が言ったとおり、亜季にも辺りに吹き渡る微風が少しずつ冷感を増して来たように感じられた。

小暮の背中から数歩遅れて舗道から車道を横切って父娘の居住する棟に近寄ったとき、階段の前の小さな広場で灰色の煙が斜めに中天に向かって舞っているのを亜季の視界がとらえた。小暮もぎょっとしたように足の動きを停め、その煙の下方に視線を転じた。あっ、と驚きの声を小暮と亜季はほぼ同時に発した。煙はコンクリート地の一角にある石油缶から立ち昇っていた。

石油缶の前にはさおりが立っていた。さおりは呆然とした表情で缶の中で灰になりつつある何かに視線を当てていた。それがさきほど彼女自身が仕上げた風景画であることに気がついたのは、亜季が煙幕の隙間から何やら不気味に微笑しているさおりの顔を肉眼でしっかりと把握できる距離まで近づいたときだった。舗道から玄関前に駆け込んで来た小暮が軽くさおりの横腹の辺りを突き、慌てて石油缶の中で灰になる運命の道をまっしぐらに突き進んでいるその油彩画のカンバスを火傷の恐れも見せずに取り上げて絶叫を発した。小暮の両手に掲げられた十号のカンバスから炎が立ち昇っていた。それでも亜季には絵の中の山脈の稜線がまだしっかりと燃え残っているのを確認した。

次の瞬間、山の裾野のもっと下方が橙色にくすぶっているのを亜季は見た。山の底辺にある炎だ、と亜季は思った。絵をそのとき一層美しいものにしている、あたしのあの「塔」の絵の中で足りないその底部でたゆたっている炎だ、そんなふうにも思った。

四

曽根木亜季は、個展の最終日の朝に会場の西側の壁に展示された入選作品「塔」の前に立っていた。時刻は午前十時になるところだった。

三月も中旬にさしかかり、戸外に横たわる首都圏の街並は春を迎えるに等しい生暖かい風が上空にも地表にも吹き渡っていた。通行人のどの背中にもすでに寒気に怖じ気づいたような縮こまった雰囲気はなく、一年でいちばんほっとする季節に向かうようにその足取りはどことなく軽やかな歩調を奏でていた。

亜季はまだ誰もいない会場の一角に立って、そっと両腕を上方に伸ばし、やや背伸びした姿勢を取って油絵「塔」の額縁をパネルから取り外し、そしてそれを裏側にするとまた元の位置に戻した。視界からは「塔」の画面は消え、無味乾燥の茶色い額縁の裏の木肌だけが辺りに浮き立っていた。

そのとき、江津子が赤い大き目の手提げ袋を片腕に挟んで亜季一人だけがいる会場に姿を現した。

「借りて来たわよ」

江津子が小声で言うと、

「無理を言ってごめんなさい」

親友に丁寧な頭の下げ方を亜季はして、

「遺族の人は快く応じてくれた？」

「そうでもないけど後でこの会場に顔を出すと言っていたわ」

「そう。何かそのときお礼をしなくては――」

亜季もそうだったが、江津子の顔も沈痛そのものだった。二人共まだ数日前に遭遇した衝撃から立ち直れないでいたのかもしれなかった。江津子は亜季の背後に立つと、振り返った亜季と目だけの朝の挨拶を交わし、それからゆっくり手提げ袋から額入りの八号の油絵を取り出して亜季に手渡した。亜季はあらためてじっくりその絵を見た。構図が何だか自分の「塔」と似ていて、色調も何となく「塔」に比較して明るいのか暗いのかわからなかったが、これも「塔」と同じく仏国のエッフェル塔をモデルにした抽象画だともし言われたら頷けないことはなかった。そして、「塔」とこの絵のどちらが小暮の言う表なのか裏なのかもわからない。しかし、この三科佐和子の遺作を「塔」のそばに展示したいと亜季は思った。というか、万難を排して個展の最終日である今日一杯展示しなければならなかった。三科佐和子の自殺の原因がどんな真相であろうと、自分の「塔」が三科の遺作の抽象画を呼んでいる。いや、反対にその遺作が「塔」を呼んでいるのか知らなかったが、とにかく両者が互いに誘い合っていることはたしかなような気が亜季にはした。

しばらくの間江津子が三科の遺族に頼んで今日一日拝借することができたその抽象画に見入った後、亜季はその額を裏返しになった「塔」の真下の床にそっと置いた。「塔」の絵を裏返すその行為にどんな意味もあろうはずはなかったが、なぜかそれを一旦白紙に戻して額縁を裏返すことが先決だと亜季には思われた。そしてそうせずにはいられない衝動に突き動かされたことは事実だった。さらに、その額の真下に三科の遺作を置く、その行為にもまたいかなる意味もないことなのかもしれなかった。

亜季と江津子が三科佐和子の縊死現場に思いがけなく直面する羽目になったのは、その日から数日前のことだった。二人は個展会場の部屋の鍵を閉めた後、亜季の高級車でかねての約束どおりに三科の住むK区にあるマンションに向かい、エレベーターに乗って薄暗い廊下に二種類の靴音を立てながら扉の前に立った。江津子の人差し指が呼び出しボタンに触れた。だが、内部からの返答はなかった。江津子の指先が再度三科を呼んだがやはり応答はなかった。

扉を押すと錠は降りていなかった。嫌な予感も手伝って、数秒ためらった後江津子が半身を使って扉を押して内部に足を踏み入れた。亜季が灯のついている内部を覗き込むと同時に江津子のけたたましい悲鳴が室内から廊下に響き渡った。二人の立つ約二メートル先に凄惨な現実が待ち受けていた。絨毯の表面から三科の両の爪先が三十センチ程離れていた。驚いて玄関先で尻餅を付いた江津子の肩をぽんと叩いた後、廊下に這うようにして出た亜季が携帯を取り出した。咄嗟に連絡すべきなのは警察なのか救急なのか混乱した頭では判断できなかった。救急車のサイレンが最初に聞こえて来たのだから亜季がまず通報したのは救急の方だったのだろう。恐怖のあまり慌てて廊下に出てお互いの身体を抱き合うようにして震えている二人の前で、救急隊員の手によって三科の遺骸は絨毯の上に降ろされ、その後救急車でたちまち病院に運び込まれて行った。とにかくどんな処置と手続きが目の前で繰り広げられていたのか、二人にはほぼ記憶にないということだけは言えた。

そして、救急隊員の通報で救急車と相前後してやって来た警察官による現場検証の後、ほどなく亜季と江津子は警察のパトカーに乗せられ、そこから徒歩で五分程の場所にある警察署の一室で約三十分の間事情聴取を受けたが、解放されたのは夜の十一時近くになった頃だった。二人は互いの意思をたしかめ合うこともなくふらりとまた三科佐和子のマンションの、今は遺室となった場所に足を向けた。その間二人共終始無言だった。部屋には三科の親類らしい愛想の悪い四十歳ぐらいの女が手持無沙汰に立っていた。心なしか女は幾分蒼い顔をしていた。

二人が女に礼をして縊死現場である三科のアトリエ兼居間を覗くと、ある絵の入った額縁が絨毯の上に立て掛けられていた。はっとしたように玄関口で江津子は身を幾分乗り出すようにして、

「あの絵——」

と、指差し、目を潤ませて背後に立つ亜季を振り返った。

「あの油絵は、あなたが金賞に入賞した絵画コンクールに三科さんが応募して落選した作品よ。たしかそうよ」

そう、と呟いて亜季は目を細めてその絵を見つめたが、少し距離があるためかよくその画面の詳細は判別できなかった。どことなく「塔」と同じく抽象的な雰囲気を強く漂わせた画風のようにも思えた。

「三科さんがあの絵を描いていた現場に居合わせたことがあるの。そして、例のコンクールに応募するのだとはりきっていたことも覚えているわ」

「三科さんという人はあの絵をすぐそばの足元に置いて首を吊った――」

亜季は言って、

「あたしたちがここに来ることを知ったうえで首吊りを断行したということよ。落選した絵をそばに置いて――」

「何が言いたいの？」

「嫉妬ではないのかしら？」

江津子が訊くと、

「何ですって？」

「入選したあたしに対する嫉妬では？」

「考え過ぎだわ」

「有り得ることよ」

「三科さんはそんなあてつけがましいことをする人ではないわ」

「では、なぜ落選した絵がここにあるの？」

「偶然でしょう？」

「あたしにはそうは思えない！」

そう叫ぶように言い切った後、胃の内部から何か苦いものが亜季の喉元にせり上がって来るような感覚に襲われた。亜季は廊下の隅に蹲り、上半身を倒す姿勢で少し吐いた。その背筋を江津子の右手の指先が控え目に這った。

無論いかなる根拠もないことだったが、その三科の遺した抽象画ははたして小暮の言った「塔」の裏の部分を無言でそのとき物語っているかのような錯覚に亜季は襲われた。視界には直前に目にした三科の絵の残像がちらつき、鼓膜にはあのとき個展会場前の廊下で裏を描いてくれと囁いた小暮の声が遠くなったり近くなったりを繰り返しながら響き続けていた。やはり自分のあの「塔」の絵は、その根底に横たわる影の部分に支えられているのではないか。「塔」の絵は「塔」そのものだけで成り立っているという自分のこれまでの自信が、さきほどの思いもかけていなかった三科の縊死という行為によってたちまちぐらついて行く事実を亜季は認めないわけには行かなかった。これまでの自分は、自信作であったあの「塔」の絵に余計な注文をつけられたくなかっただけではなかったか。ただそっとしておいて貰いたかっただけではなかったか。ああ、わからない。やはりどうしてもわからない！

ほどなくして亜季の吐き気と嘔吐は治まり、縊死現場に所在無げに横座りになって欠伸を堪えている女にふたたび形だけの礼をした後、二人はふらつく足取りでそのマンションを後にした。

額縁が裏返しにされた「塔」の絵とその真下の床に置かれた三科佐和子の遺作を亜季と江津子が無言で眺めていたとき、二、三人の来場者の後から兄の諒の外車でやって来た小暮父娘が顔を覗かせた。三人は無言で靴音を立てながら亜季と江津子のいる西側の展示作品パネルに近寄って来た。兄に父娘をここに連れて来て貰いたいと頼んだのは亜季だった。裏返しにされた「塔」の額縁とその下の三科の遺作が互いの存在を誇示し合っている光景を、決して理屈などではなくぜひその間近で父娘に目にしてほしかったのだ。

「兄さん、ありがとう」

亜季が諒に頭を下げると、

「いや、何――」

そう呟き、諒が片手を上げて妹の不思議な行為に訝しげな視線を向けた。

金賞に入賞した亜季の作品の裏側を目にした父娘は、一瞬はっとした表情を見せた。だが、裏返しにされた「塔」と三科佐和子の抽象画のすぐそばに立ったその後の小暮の横顔からはいかなる感慨の表情も亜季には読み取れなかった。はたして小暮はこのような奇怪な光景を目のあたりにして、今どのようなことを思っているのだろう。「塔」の裏の部分としてその真下に三科の遺作が置かれていることにどんな心情を抱いているのだろう。当然のこととして受け止めているのか。

亜季に対する勝利感でも味わっているのか。「塔」の表の部分をぼかした亜季の行為に対してそれ見たことかという気持ちでも噛みしめているのか。それは亜季にも到底わからなかった。

一方さおりの方はどうなのだろう。「塔」が裏返しになっていることに不服で内心唇でも噛んでいるのか。先日までの亜季と同様に、「塔」は「塔」だけで成り立っているのだという主張を覆す気はないのか。さおりはその父親と同じくただ無言で額縁の裏側に澄んだ視線を当て続けていた。

亜季は思う。さおりがどんな心情でいようと、やはり「塔」は「塔」だけの支えで存在しているのではないのかもしれない。絵画の世界ばかりではなく、この世のありとあらゆるものが両極の天秤のようにして成立しているのが真実なのかもしれなかった。それを自分に教えてくれたのは小暮の個展初日でのあの一言だった。亜季には今のこの瞬間そんな気がしてならなかった。

額縁の裏側に亜季はじっと視線を凝らした。言うまでもなくそこには数ヵ月かけて自分が苦心して絵筆を動かして描いたどんな彩りも皆無だった。当然そこにはどんな色彩も絵柄も文字も描かれてはいなかった。ふともういっぺん亜季の横に佇む小暮の窓外からの光線のせいなのか蒼白に見える横顔に目を遣った。しかし、その端正な細面からは依然としてどんな感慨をも読み取ることはどうしてもできなかった。

最終日の個展会場が少しずつ来場者たちのざわめきに充たされつつあることに気づいたそのとき、ふと亜季は小暮と目が合った。亜季が「塔」の絵の画面から宙の一隅に視線を転じた先に小暮の顔があった。小暮が瞬時目を光らせ、さりげなく背を向けて順路を逆に歩いて廊下に向かった。亜季もまるで操られたかのように、自然とそんな小暮の後に続いて廊下に出た。亜季の個展開催の初日でのあのときのように、二人は廊下の一角に向き合って立った。そして、やはりあのときと同じように人いきれと軽いざわめきが二人を取り巻いた。やがて小暮がぽつりと言った。

「見事に裏を描き切りましたね、亜季お嬢さん——」

そして、

「いや、りっぱに裏の世界で生き始めたというべきでしょうか」

「あの『塔』の裏側はまだ描いていませんわ」

亜季が言うと、

「いいえ、描いたも同然です。あの額縁の裏側であなたはすでに健やかで純粋な穢れのない呼吸をし始めている——」

そんな小暮の言葉に、亜季は何の反論もできなかった。小暮の言い分に無言のままでいるしかなかった。先日の状況と同じくただ黙って小暮の澄んだ両の目に見入っているしかなかった。心身共に何かが亜季を硬直させていた。凍り付かせていた。

ほどなく廊下にさおりが顔を覗かせた。さおりは瞬時亜季と視線を合わせると、すぐに下を向きながら何かを諦めたかのように嘆息し、そのかすかな息遣いの音がまるで亜季の耳元にまで届いて来るような気がした。だが、次の瞬間にはその嘆息の余韻は消え、さおりは何かを肯定するように深く頷くと、そっと亜季に控え目な微笑を送った。やがて彼女は小暮のそばに近寄り、父と娘は血縁者だけに通じるさも重大なことを理解し合ったかのような曖昧な頷きを交わし合い、その後仲良く肩を並べてエレベーターのある廊下の端に向かって歩き始めた。小暮もさおりもそれから一度も亜季の方を振り返らなかった。

たしか先日、亜季の個展の二日目の朝、二度目に小暮がこの会場を訪れたとき、ふらりと足がここに向いてしまった、と言っていた。彼の足は自分の「塔」の絵に引き寄せられたのだと亜季はあのとき思ったが、実はその足は、やがて「塔」の裏側に居座る運命にある三科佐和子の絵に通じる目に見えない糸によって吸い寄せられていたのではないかと亜季はそのとき直感した。小暮の足は、やがて〝額縁の裏側〟に登場する三科佐和子の八号の油絵の存在を知っていて、それに無意識に差し招かれていたのではないか！

小暮父娘の後ろ姿が疎らな人影の隙間を縫って見えなくなるのを、亜季は何も言わずにただじっと見守っていた。

あの日の午後と同じ太陽

I

名越怜司《なごしれいじ》が記憶している限り、都内の生命科学専攻の大学院に在籍する古賀雪乃が日曜礼拝を欠席したのはその日ばかりではなかった。先週も先々週のいずれの日曜日にも彼女が主日礼拝の始まる午前十時半に会堂に姿を現すことはなかった。

心配した怜司は、一昨日の午後に思い切って雪乃の携帯に四度程連絡を入れたが不在であり、昨日の朝に再度発信したがやはり雪乃の声を聞くことはできなかった。そして、やはり今日の礼拝の席上にも雪乃の姿はなかった。

怜司の両親と雪乃の父親は中学、高校の同級生であり、大学は違う学校に進んだが偶然にも就職先が同じ都内に本社のある大手保険会社で、互いに社宅住まいが長かったせいもあり、そんなわけで怜司と雪乃はまだ小学校に進む前からの幼馴染の仲という事情だった。怜司の両親も雪乃の父親も共に敬虔とも言える昔からのクリスチャンであり、社宅から徒歩で十分程の場所にあるプロテスタント系のM教会にずっと若い頃から通い続けて来た。その後、それぞれが共に社宅に近い区域にある分譲地を購入してからもM教会に家族ぐるみで熱心に通い続け、だから当然彼らの息子と娘である怜司と雪乃もまだ言葉すらよく喋れない年齢からM教会とは縁があったというわけだった。

その M 教会の牧師の萱場《かやば》には怜司も雪乃も昔から可愛がられて来た。萱場牧師がその教会の牧師を務めることになった直後から、彼は怜司たち礼拝出席者たちの子息を会堂に集めて、日曜礼拝後に新約聖書に纏わる様々なイエスやその弟子たちの奇跡的な信仰の話を面白可笑しく聴かせてくれた。

その日の日曜礼拝が終了して両親と教会の門前で別れた後、怜司が足を向けたのはその萱場牧師夫妻が居住する古びた洋風の牧師館だった。怜司が玄関先に立ったとき、萱場牧師は夫人と少し遅い昼食の食卓に着くところだった。だが、牧師は嫌な顔一つせず怜司を食堂に招き入れ、夫人も快く昼食をまだ摂っていない怜司に自分たちといっしょに食事をして行くようにと親切に勧めてくれた。もちろん怜司はそんな夫妻の厚意を固辞した。なぜなら、言うまでもなく礼拝後に牧師館を訪問したのは夫妻にご馳走になるためなどではなかったからだ。怜司の用件は言うまでもなく古賀雪乃のことだった。怜司が相談したかったのは雪乃の住まいに彼女を訪ねて行くべきかどうかということだったが、なぜということもなくそれには萱場牧師の了解を取るべきだという暗黙の呼吸が自分と牧師の間にあるような気が怜司にはしていたからだった。怜司の安易な独自の判断で礼拝を欠席し続けている雪乃に近づくことは萱場牧師に対する裏切りとまでは行かないが、軽い不謹慎な行為になるような気がどことなく怜司にはしていたのだ。

雪乃の礼拝欠席をすでに怜司以上に案じていたらしく、萱場牧師はコンソメスープを銀色の大きいスプーンで掬いながら、

「私になどではなく、神に訊いたかい？」

「神？」

怜司が身を乗り出して牧師の最近皺の目立つようになった横顔に見入ると、

「名越さんだけにいつも寄り添っている神を一緒に彼女の家に連れて行くというのならそうすればいい」

「当然連れて行きます。僕の神はとっくに彼女に礼拝欠席の理由を訊くことを僕に許してくれている、そんなことは当たり前のことです」

「では、彼女の真意を質して来なさい」

「はい」

「自然体でいい。名越さんがふだん教え子たちに接しているように――」

大学の教育学部を卒業して都内のR学園高校の教師になってからわずか三年半しか経っていない新米教師の怜司に萱場牧師がそう言ったとき、牧師の一人娘の理久那《りくな》が食堂に顔を覗かせた。

倫社の教師として怜司が勤める同じ高校の理数科に通う理久那の昼食も楕円形の食卓の南側に用意されていたが、彼女はその方には見向きもせずに、コンソメスープを調理室から運んで来た牧師の妻から背を向け、持って来た聖書関係の数冊の書物を背後の書棚の脇に置くと、さっさとまた会堂に戻るのか牧師館の廊下を足早に玄関先に向かって歩き始めた。

「理久那、あなた、食事は？」

牧師夫人が気遣わしげに廊下に向かって娘に声を掛けると、

「後でいいわ。クラスメートのあたしの友達が今日の礼拝に体験出席で三人来ていたのよ。見送ってあげなくては――」

「早く戻るのよ。スープが冷めるわ」

「分かっている」

理久那が教会の建物を目指して牧師館から消えると、怜司もそそくさと席を立って萱場牧師夫妻に軽く頭を下げた。少しでも早く雪乃の家に駆け付けたい気持ちが怜司の胸の中で今にも溢れ出しそうだった。そして、牧師の言うとおり雪乃の邸宅には怜司自身の神をも忘れずに連れて行くつもりだったのは断るまでもないことだった。玄関の三和土で靴の紐を結んでいる怜司の耳元に、そのときかすかだが牧師夫妻の会話が流れ込んで来た。食事前の祈りを捧げた後の夫人のこんな声が聞こえた。

「雪乃ちゃんがどうかしたのですか？　あなた――」

「気がついていなかったかい、君――」

間髪を入れずに萱場の声が聞こえ、立ち聞きなどする気はないとは言え怜司は靴紐から指先を解放させてしばし夫妻の会話に聞き入った。

「そう言えば――」

「そう。礼拝にここしばらく出席していないんだ」

「どうしたのでしょう？」

「それで名越さんが彼女の様子をこれから見に行くというわけさ。無論、僕もいつまでも知らん顔をしていられないと思っていたが――」

それから、

「どうも僕には雪乃くんの足が教会から遠のいたのは佐伯さんの死去と関係があるのではないかと踏んでいる」

「昨年の暮れに雪山での遭難で亡くなったあの佐伯さん？」

夫人が訊くと、

「ああ、どんな関連かは知らないが、雪乃くんが礼拝を欠席し始めたのは佐伯さんのあの雪崩での事故による突然の逝去の後なんだ。雪乃くんの今入院しているお父さんと佐伯さんはずっと幼い頃からの親友で、雪乃くんは実の娘のように佐伯さんに可愛がられて来たから――」

小声で萱場は言って、

「まあその真相は名越さんが今日にでも雪乃くんから聞き出して来るかもしれない。僕はそれまでそっと雪乃くんを見守ろうかと思っている」

「あなたの出番はまた先というわけ？」

「そういうことかな――」

萱場牧師夫妻の声が途絶えると、怜司は颯爽と三和土から起立して牧師館前の煉瓦色の石門に通じる苔むした石畳の上をゆっくりと歩いた。門を出た右手に辛子色の三角屋根の上に象牙色の十字架が鈍く光っている教会の建物が聳えていた。

怜司は立ち停まり、陽光を跳ね返す教会の門扉の方に視線を当てた。門の向こう側から先程の礼拝に出席していたと怜司が記憶していた見慣れない三人の高校生らしい娘たちが舗道にそのとき姿を現した。娘たちのいちばん後ろから歩いて来たのは萱場理久那だった。彼女が牧師館の食堂で言っていた三人の友達とはあの娘たちのことだったのかと怜司は思った。太陽光線に眩しそうに眼を細めて門から舗道に吐き出されて来る娘たちの表情には何となく緊迫感とある種の気怠さのような気配が感じられた。それが怜司の気のせいではないと確信したのは、娘たちを見送る理久那の沈痛な面貌を降り注ぐ陽光の下でとらえたときだった。

「では――」

「バーイ!」

「じゃあ、明日、また――」

理久那の友達の女子高生三人は次々と軽く理久那に頭を下げてその場を物憂げな表情で去って行ったが、その仕草はどう見ても先刻までの礼拝出席に満足した表情ではなかった。どころか二度と来るものかという依怙地の念さえ感じられる投げやりな面持ちさえ怜司には窺えた。娘たちの後ろ姿に視線を据える理久那の険しい視線でもそれが手に取るように判断できた。

やがて理久那が怜司の姿に気がついた。怜司は頷き、理久那も泣きそうな顔を歪めて無理矢理微笑んだ。怜司はそっと彼女に近づき、今の三人が今日の礼拝に体験出席した君の友人だね？と訊いた。理久那は頷き、澄んだ潤ませ気味の眼を大きく開けた。滴が両の透き通るような白い頰を真っ直ぐに伝った。どうしたんだい？　と怜司は訊かざるを得なかった。黙っていることなどできなかった。

「何でもないのよ」

下を向いてやっと囁いた理久那に、

「何でもないということはないだろう」

不思議と残酷な気持ちが胸いっぱいに溢れて怜司はそんなふうに自分の勤める学校の在校生でもある牧師の愛娘を追求した。それから怜司は声を優しくして、

「君のクラスメートたちと何かあった？」

「何かあったというわけではないけど――」

「それならいいが――」

「名越先生、帰りは急ぎます？」

理久那は訊いて、

「十五分、いいえ十分でいいわ。少し時間を頂けません？」

「いいよ。では会堂に戻ろうか。ここでは日差しが少しきつい」

怜司はそう言うと、理久那の先に立って教会の正面玄関前に歩を運んだ。一月下旬とは思えな

い眩しい光線を浴びていたが、昨日萱場牧師が自ら雑草を毟り取ったお蔭で牧師館と違って教会の方の石畳はとても歩きやすかった。怜司と理久那は薄暗い玄関先に到着し、もう誰もいない会堂に通じる廊下を歩いて祈祷席の東側の最後列に並んで腰を下ろした。

理久那の細い項の辺りから淡い桃の花のような香りが怜司の鼻孔に流れ込んで来た。そして、その父親譲りでもあるらしい白い細面は会堂の西側にある大きなステンドグラスからの原色の輝きに染まっていた。そんな理久那を怜司は素直に美しいと思った。

萱場理久那が両親の勧めで洗礼を受けたのは六歳のときだったという。理久那が生まれるずっと前に牧師夫妻は名古屋市内からキリスト教系列の学校が近辺にないこのK市に移転したため、その後生を受けて就園年齢に達した娘を無信仰系の、怜司が後に勤めることになるR学園の付属幼稚部に入園させた。だが、教会の牧師を父に持つ理久那を当然他の園児は奇異な眼で見た。そして、小学部、中学部、高等部へと理久那はエスカレーター式に進学したが、周囲のクラスメートたちの彼女を見る眼は遠い昔程酷とは言えなかったが、やはりどこか違和感を与える光を帯びていた。心ない限られた男子生徒たちは理久那のことを〝アーメン女子〟と囃し立てたり、〝隠れキリシタン〟と揶揄したり、ときには黒板に十字架に貼り付けにされたイエスの姿を面白可笑しく諧謔的に描いて理久那を嘲笑することもあったという。

そんなときに理久那を庇ってくれたのが先程の礼拝への体験出席を試みた三人の級友たちだった。理久那はそんな三人に気軽に日曜礼拝の出席を促した。それは三人に信仰まで勧めるつもりではなかった。キリスト教の教義の中には当然無信仰の者の魂の琴線に触れる素晴らしいものを教える何かがあると言いたいだけだった。そんな理久那の熱意のある進言に三人は何の屈託もなく礼拝出席を承諾した。理久那は喜んで親友であると信じて疑わなかった三人を今日の日曜礼拝のためにM教会に招いたというわけだった。

「あたしだって、別段彼女たちを責める気はないのよ」

五分程の話の後理久那は言って、

「祈りとは永遠に続く神との接点の追求、あたしは幼少の頃からずっと父にそのことを言い聞かされて来たわ。現世を越えた永久的な神との交流、それが祈りの神髄だ、と。でも、だからと言って彼女たちの無知を非難するつもりなんかない――」

そして、ただイエスに対して恥ずかしかっただけ、とぽつりと小さく言った。

「それは、その三人の許に萱場自身のイエスをこのM教会に連れ通せなかった悔しさだとも言えるのかな？」

「その通りだわ」

大きく理久那は眼を見開いて、

「どうして分かるの？　名越先生――」

「無論、勘さ。僕も実はさっき萱場のお父さんに言われたんだ。雪ちゃんの家に行くと相談したとき、僕自身の神をも一緒に連れて行く自信があるのなら好きにすればいい、と――」

続けて怜司は、今一つ意味ははっきりしないけど萱場牧師は凄く良いことを言ってくれたよ、と言った。それから、

「あの三人の言動がどのように萱場を絶望の淵に追い込んだのかも僕にはほぼ想像がつくよ」

「あたし、聞いてしまったのよ」

理久那は言って、

「祈祷席の左隣に一人、右隣に二人座っていたわ」

「うん」

「開会祈祷のときと最初の賛美歌の唱和のとき、そして父の説教のとき、彼女たちは盛んにある願い事を呟いていたわ」

「そう」

「大学受験の合格祈願――」

「うむ」

「それであたしは何だか無性に恥ずかしくて、ううん、イエスに申し訳がないような気がしたわ」

その後、

「何度も言うけど、決して彼女たちの無知蒙昧を嘲笑っているわけではないのよ。でも、その願い事の呟き声がとても悲しくあたしの胸に響いて――」

「そりゃあ僕にだって幾度か覚えがあるよ」

「名越先生も?」

「そりゃあ、あるさ」

「あたしにもあるわ」

「誰にとってもそんなものさ」

さらに、

「それで萱場はあの三人に礼拝後に何か言ったの?」

「もちろん、言ったわ」

「どう言ったの?」

「ああいう祈りは困ります——」

「あの三人にとってはそういう祈り、つまり願い事は当然なんだよ」

怜司はそう言って、

「彼女たちはまだ信仰者ではないのだから——」

「ええ。反省しているわ」

そう言った理久那と会堂の扉際で別れると、そこから徒歩で二十分程の場所にある古賀雪乃の邸宅に怜司は足を向けた。

朝方まで降っていた小雨はすっかり午前中にあがり、日曜礼拝の始まる十時半を過ぎた頃から日差しが雲間から顔を覗かせ、怜司が歩いている午後一時過ぎには上空に薄い雲の群れを背景とした煌めく太陽がでんと腰を据えていた。まだ昼食を摂っていなかった空腹の怜司は歩きながら空を仰ぎ、先程の萱場牧師の言った怜司自身の神という言葉を思い出した。

萱場の言う怜司自身の神とは何か。怜司だけを特別に見守る神などはたしているのか。神とは信仰を抱く者のすべてのための遍く存在ではないのか。それとも神の教えの内容を怜司が得手勝手に解釈していいと牧師は言うのだろうか。怜司自身に都合のいい神からの啓示を導き出しても構わないとでも言うのだろうか。それが怜司自身の神の存在だと言うのか。そして、それを雪乃の許に連れて行き、雪乃の信仰とがっぷり四つに向き合わせろと萱場は言いたかったのか。

怜司自身にとって都合のいい神！　それは先程の理久那の友人三人が礼拝中に唱えていた現世における願い事を神に祈ることも赦されるとでも言うのか。ああ、怜司には分からなかった。だが、怜司にも理久那にも他人のことは言えた義理ではないのかもしれない。過去に幾度か頭に過った願い事を神に託す行為に対して身に覚えがないなどという殊勝な信仰歴になど縁遠いことは間違いがなかった。特に信仰を抱き始めた頃のことを思うと、怜司は思わず羞恥で頰が熱くなる自分を意識した。

怜司は今も覚えている。初めて両親に連れられてM教会の礼拝に出向いた日のことを昨日のように覚えている。その後ほどなく怜司は両親の意向で受洗し、その頃はまだ若かった青年牧師の萱場の導きで洗礼名を授けられたのだ。受洗した日の午後、怜司は両親に手を引かれて晴天の戸外をゆっくり居宅に向かって歩いた。五歳の誕生日を迎えたばかりの怜司の純粋無垢な澄んだ眼球には午後の太陽の光が煌めかんばかりに宿っていたことだろう。季節はたしか三月中旬頃ではなかったか。

歩きながら怜司は幼い脳裏の隅で神に様々な願い事を託した。所属する少年野球団での試合で長打を打てること、以前から欲しかった高級な玩具を誕生日の贈り物として両親から貰えること、通園している幼稚園の三時のおやつに自分の大好物の洋菓子が出ること、そんなとりとめのない願い事を怜司は受洗したばかりの身で懸命に図々しく神にお願いしたのだ。

そうだった。怜司だって先程の理久那の三人の友人たちと似たような過去を背負っているのだ。えらそうなことを言えた義理ではなかった。理久那だって多少は怜司と似たような精神的本能を神に祈った過去を背負っていることは間違いがなかった。けれどもそれが赦されるのか否かが先刻の萱場牧師の言った怜司だけの神という言葉の意味にどことなく相通じるものがあるような気がした。

歩調を緩めてまたしても上空を仰ぐと、太陽はさっきよりも光度を増して怜司を睨んでいるような感触を得た。洗礼を受けた日の午後に見た太陽とそっくりだ、と何の根拠もなく怜司は唇だけで呟いた。

II

古賀雪乃に会うために、春にはまだ程遠いとは言え仄かな暖かさを感じさせる微風の吹き渡る舗道を歩く怜司は、いったい雪乃の何を危惧していたのだろうか。単なる長期の風邪による病臥でも期待して安心する気でいたのだろうか。それとも雪乃の信仰の行く手に何か重大な由々しき事態が立ちはだかりつつあることでも想定していたのだろうか。そして、それならば怜司はどのような言葉を準備して雪乃の信仰と向き合うつもりだったのか。とにかく怜司は雪乃に会わなければならなかった。会って今日も先週も先々週も続けて主日礼拝を欠席した理由をたしかめなければならなかった。萱場牧師の言った自分自身の神を連れて――。

古賀雪乃の自宅は閑静な住宅街を南西に横切る狭隘な路地の一角にあった。二階建てで和洋折衷の瀟洒な邸宅が午後の太陽を背にして聳えており、東側の内庭には手入れのされていない雑草が丈高く生い茂っており、それは放置されっ放しの荒れ放題の状態と言ってよかった。

怜司が門柱の脇のインターホンに指先を伸ばすと、すぐに家政婦らしい老年の女の声が聞こえた。怜司は自分の名と所属する教会の名前を言って雪乃の所在をゆったりした語調で訊いた。無愛想な感じでインターホンは向こうから素っ気なく切られたが、意外とほどなく家政婦が怜司を迎えるために門の向こう側の隙間からひょいと皺だらけの顔と白髪の頭を覗かせた。

家政婦の先導で怜司は玄関口までの黒い土が露出してジグザグ状の帯になった路面を歩いた。そして、靴を脱いで家政婦が差し出してくれたスリッパを履き、どうぞ、と言って家政婦が指差した二階に通じる階段を上った。雪乃の部屋は踊り場のすぐ先にあった。その隣には父親の書斎にでも充てられているらしく、無人に違いないその内部は当たり前のことながら不気味な程ひっそりとしていた。怜司も一、二度耳にしたことのあるドヴォルザークの交響曲が控え目に鳴り響いている雪乃の部屋の扉をノックすると、雪乃のやはり、どうぞ、という想定外の溌剌とした明瞭な声が怜司の立つ廊下に返って来た。

怜司はちょうど三週間ぶりに雪乃と顔を見合わせた。雪乃の表情には特に翳りというものは怜司には感じられなかった。能面のように無表情にも受け取られ、そのために彼女が連続して礼拝の出席を見合わせた理由を到底推し測ることはできなかった。やはり体調でも優れなかったのだろうか、と怜司は思った。だが、ときおり余裕のある煌めく健康的な眼光と眼差しを自分に向ける雪乃の顔は、怜司にとってやはり病気上がりには見えなかった。では、現在入院中の父親の病状が思わしくなく、その看病のために自宅と病院の病室を往復する日々にでも追われていたのだろうか。幼い頃から父子家庭で育ち、肺癌を患っている父親の看病で礼拝どころではなかったのだろうか。分からない。

しばらく部屋の片隅で互いにぎこちない視線を絡ませ合った後、雪乃は無言で片手を差し出し、自分の机の前の椅子に怜司に座るように勧め、自分はベッドの上の真っ白なシーツの上に腰を沈めた。そして、また一、二分の間沈黙が流れた。少しして先程の家政婦が熱い紅茶を運んで来た。家政婦が机の上に二つの皿に載った洒落たティーカップを置いてそそくさと出て行くと、怜司は所在無げにその一つに手を伸ばして紅茶の琥珀色の液体で乾いた唇を湿らせた。それから背景に大きな窓に淡い水色のレースのカーテンの垂れる雪乃を見ると、やはりカップを手にした彼女の右脇に一つの縫いぐるみが置かれていた。それを見た怜司は一瞬呆気に取られた。何とその兎の縫いぐるみの胴と首が離れていた。戸惑いがちの怜司の視線を追った雪乃が、

「なぜ今日名越くんがここに来たか当てましょうか?」

と、今日初めて言葉らしい言葉を発した。

「ああ。なぜだと思う?」

怜司が訊くと、

「礼拝に三度も続けて欠席した理由を訊きに来たのでしょう? 萱場牧師にでもあたしの様子を見て来いと頼まれたの?」

「いや、僕自身の意思で来た。もっとも牧師も知ってはいるけど——」

「なぜだと思う?」

「うん?」

「だからあたしが礼拝を欠席した理由よ」

「第一に、お父さんの病状が思わしくなくて忙しかったのかと思ったよ。それに先月の佐伯さん

の死に衝撃を受けて寝込んでいるのではないかだなんて牧師と奥さんが先刻話していた。僕は僕で、あるいは大学院での緊急の論文の提出でもあるのではないかと——」

佐伯という名前が出たとき、一瞬の間雪乃の表情が異様に強張った。それから次第にその強張りが濃い曇りに変異した。

佐伯というやはりM教会で長年の間指導者的役割を果たして来たZ省の定年間際の職員が、単独で敢行した登山の折に巨大な雪崩に巻き込まれて遭難死したのは今から約一ヵ月前の昨年の暮れのことだった。自分の父親の親友でもある佐伯に幼少期から可愛がられて来た雪乃にとって、佐伯の突然の事故死は言葉では言い尽くせない衝撃であったことは事実だった。教会葬の席上での雪乃の号泣は尋常ではない感情の露出状態であったことはその場に居合わせた誰もが共通して抱いた感想だった。お察しのとおりよ、と雪乃は言った後、人差し指を怜司の座る背後の壁に向けた。

怜司はそのとき初めて気がついた。怜司の振り向いた先の南側の壁に一点の聖画が飾られていることに気がついた。父親の病状は今のところお蔭様で小康状態、大学の講義と研究の合間に朝と夜に病室に出向くくらいで礼拝を欠席する程ではないわ、と言った後、

「佐伯さんを天に召した神が無性にあたしには赦せなくなったの！」

さらにもう一度叫ぶように、

「たまらなく赦せなくなったのよ！」

そんな怜司の心臓の琴線を震わせんばかりの大声を発した雪乃に、怜司は瞬時ぎくりとなった。それから怜司は雪乃の指差す〝ウラジーミルの生神女〟という有名なイコンに視線を向け、その画面の細部に細めた視線を這わせた。よく見るとそのイコンの額縁の真ん中程の硝子が割れていた。そして、罅割れた硝子面の先にある聖母の顔に焦げ茶色の液体の跡が付着していた。怜司はさらに仔細に眼を向けた。洋画好きだという父親の影響で雪乃が西洋の著名な複製画を収集し、四方の壁のあちこちに飾った額縁入りの絵画群の中でその聖画は群を抜いて光彩を放っていた。

「名越くん、君が今見つめているそのイコンに掛けられた黒い部分は何だと思う?」

「雪ちゃん、やはり君の仕業か」

「ええ、あたしよ。そのイコンを凝視していたら思わずそのとき飲んでいた珈琲を吹っ掛けてやりたくなったのよ」

「珈琲?」

「そう、珈琲よ。ただの八つ当たりと思われても仕方がないけど――」

佐伯が急峻な難攻と言われた雪山で遭難死を遂げたとき、雪乃は改めて信仰というものを再考したのだという。来世での佐伯の神の掌の上での安泰と愛を祈るよりも、現実の彼の酷い最期だけが常に雪乃の脳裏から消えなかったという。いや、それよりもいよいよ身体中を雪だらけにして死の瞬間を迎えたとき佐伯ははたして何を頭の中に過らせたのだろうかということを――。

佐伯に死の恐怖はなかったのだろうか。来世での神の全身から放たれる眩しい愛の光のことなど結局のところ一瞬でも考えたのだろうか。これまでの信仰一筋の自分の半生に堂々と最期の最期まで誇りと自信を抱き続けながら生を閉じたのだろうか。どれだけ自分の信仰に寄り添って生涯の幕を降ろしたのだろうか。幾人かの列席者と共に教会葬に臨んだ雪乃にとって来世での佐伯の豊かな眠りを祈るどころではなかった。それよりも厳寒の雪山で最期を迎えた佐伯の不憫だけが常に脳裏を占めていた。雪乃にとっても教会葬の間は信仰どころではなかったのだ。神の愛などこれっぽっちも脳裏には過らなかったのだ。これまで自分が抱き続けて来た信仰の欠片など意識の隅には灯らなかったのだ。ざっとそんなことを雪乃は両頬を濡らしながら掠れ声で怜司に語り続けた。

「それで自分にはすでに信仰を抱き続ける資格などないと決断したのかい？」

怜司が訊くと、

「名越くん、君はいよいよ自分が死を迎えると確信したときに何を思う？」

怜司の問いには答えずに雪乃は言って、

「信仰をしっかりと胸に抱いて来世に旅立てる？」

「何だい？　急に――」

「信仰に対する誇りがはたして死の恐怖に打ち勝てるかということ、よ――」

「それは分からないなあ。僕にだってそんな自信はないよ。しかし、信仰と恐怖を天秤に掛けること自体が神の教えに背くことになる、今はそんなことしか言えないな」

「あら、うまく逃げたわ」

「逃げてなどいないよ」

ねえ、と言って雪乃は近眼の眼を怜司に向けて、

「これから父の入院する病院に付き合わない？　父の見舞いだけではなく名越くんに会わせたい人がいるのよ」

そんなふうに雪乃がさりげなく怜司に提案したとき、ほぼ同時にドヴォルザークの交響曲のある楽章の演奏が終演した。突然音のない領域に戸惑った怜司が、

「会わせたい人？」

両の眼を瞬かせながら訊くと、

「そう、その人の話は名越くんの信仰の途上にきっと影響を与えると思うわ」

何が何だかよく分からないまま怜司は雪乃の誘いどおりに帰り支度を整え、外出着に着替えるという雪乃を部屋に残して階下に降り、廊下から薄暗い廊下をゆっくり歩いた。廊下はよく清掃されていてあちこちが鈍く輝いており、天井の楕円形の電灯から放たれる光がそこに控え目に反射していた。ところが、その廊下を毎日丹念に磨いているに違いない家政婦の老婆は怜司が雪乃を待つために玄関口を出るまでとうとう顔を見せなかった。

怜司と雪乃はそこから徒歩でほんの僅かの地点にある地下鉄の駅から私電に乗車し、雪乃の父

親の入院するA総合病院に向かった。日曜日の午後の車内は空いており、二人は並んで好きな位置の座席に腰を下ろすことができた。向かい側の黒い窓ガラスの表に映る雪乃の表情は怜司にはよく判別できなかった。これから信仰を捨てようかと目論んでいる苦渋に満ちた面貌なのか、それとも意外と宗教の呪縛になど囚われてはいないかのようなあっさりとした面持ちなのか怜司の視界はとらえることができなかった。

「さっきの話の続きだけど――」

ほどなくして二つ目の駅を三つ目の駅に向かって電車が発進すると同時に、雪乃が正面を向いたままぽつりと言った。

「うん?」

横を向いて雪乃の蒼白く見える片頰に耳を寄せた怜司に、

「本当に信仰が死の恐怖に打ち勝てると君は信じている?」

「そりゃあ、信じたいさ」

そして、

「でもそんな完成された信仰を抱いて神に祈りを捧げている信者など本当に限られた人たちだけだなんて気もするよ」

怜司は言って、

「君の家ででも言ったけど、神の愛と死の恐怖を天秤に掛けること自体が信仰に対する冒瀆ではないかな。神に対しての冒涜、と言っても構わない。まだまだ完成されていない信仰を完成された信仰にする過程にこそ意味があるのではないかな？」

そんな聞いたふうな生意気な言葉を発した怜司に、ふん、と瞬時雪乃は鼻で笑って、

「では、そう、あたしたちが通っているM教会の萱場牧師、彼などは完成された信仰を身に付けているのかしら？」

「さあ、そいつはどうかな。牧師だろうと神父だろうと常に自分の信仰に多少の疑いを抱きながら神に祈りを捧げているような気がするな」

怜司がそこまで言うと、雪乃はそれきり沈黙してしまった。彼女の信仰に対する思念が怜司の言葉でどう反響したのか、雪乃はただ黙って電車がA総合病院の最寄り駅に着くまでそれから一言も口を開かなかった。無論、怜司の位置からはそんな雪乃がどんな表情で電車の轟音を耳にしているのかはやはり依然として分からなかったが。

雪乃の父親が入院している病院に着くと、二人は日曜の昼下がりらしくひっそりとした待合室を横切り、外科の入院患者たちが収容されている五階建ての西病棟に歩を運んだ。雪乃の父親の病室は三階でエレベーターを降りて右手を真っ直ぐ行った先の六人部屋のうちの一つだった。六つの寝台には外出しているらしく二人の患者の姿はなく、窓際の雪乃の父親のほかに中年の男性の一人が経済関係の雑誌に眼を落としており、後の二人は向かい合って熱心に寝台の上の将棋盤の駒に集中していた。

雪乃の父親は眠っていた。怜司の眼には父親の顔はそんなに深刻な表情には映らず、二ヵ月程前に雪乃と共に見舞いに訪れたときよりもむしろ顔色はずっと良かった。怜司と雪乃は雪乃の父親を起こさないようにそっと足音を立てずに寝台の脇に歩を進めた。そばのパイプ椅子の一つに雪乃は座り、じっと無表情に父親の眠る安穏な顔を凝視していた。父親の安らかでかすかな寝息を聞きながら、雪乃の背後に立つ怜司は、今雪乃はどんなことを考えて肺癌で余命幾許もないと主治医から宣告された父親の頬の肉の失せた顔を見ているのだろうか、と思った。

怜司は父親の来世での、天国での安泰を雪乃が祈っているのだと信じた。神の愛に永遠に包まれて行くことを祈っているのだと願った。長い年月の間自分と共に信仰生活を送って来た雪乃ならばそうでなくてはならなかった。神の愛だけを信じて父親の末期に近い顔に視線を向けていなければならなかった。それ以外の雪乃の精神世界などは決して信じたくはなかった。

ほどなく雪乃が顔を上げて怜司の姿を振り返った。辺りでは相変わらず二人の入院患者たちの駒を将棋盤に置く乾いた音と、別の一人の雑誌を無造作にめくる音だけが日曜の午後の病室にある陰気で薄暗い空気に幾許かの彩りを与えていた。一人の初老の入院患者が外出先から病室に戻って来たのはそのときだった。冷泉《れいぜい》さん、と雪乃は親しげにその男に呼び掛けた。冷泉と呼ばれた男ははっとしたように雪乃の顔に視線を当てた後にっこり笑って、やあ、というように皺の目立つ片手を上げて雪乃に合図した。雪乃が自分に会わせたいと言っていた人とははたしてこの人なのかもしれない、と怜司は直感した。

「お出掛けでしたか」

自分の父親の寝台のすぐ横の寝台にぎこちない足取りで近づいた冷泉さんに、雪乃は労わるように両手を軽く差し出しながら言った。

「ああ、ちょっと忘れ物を取りに自宅まで、ね。中身は乏しいが私の全財産が入金されている預金通帳を取りに――」

冷泉さんはそう言って人懐こい澄んだ両の瞳を雪乃に向けた。その温和な眼の光は雪乃に限りのない親愛と友情の念を抱いているかのようだった。

「ではお疲れ様ですね」

「いや、疲れてはいない。何か話でもあるのかな。それならば着替える前に談話室に行ってお茶でも飲もうか」

そう言った冷泉さんに、

「あたしの友達です」

そう冷泉さんに雪乃が怜司を紹介した。それは、それは、と冷泉さんは幾度も怜司に頭を下げ、では、と言ってさっさと二階にある談話室に向かうために病室を後にした。依然として気持ち良さそうに眠り続けている父親を病室に残して、怜司に一つウインクをして雪乃も病室を出た。三階の明るい廊下を冷泉さんの藍色のお洒落な上着姿がエレベーターに向かっていた。数メートル程離れた後方を怜司と雪乃が並んで歩をゆっくり運んだ。途中で不意に雪乃が怜司の右の耳元に唇を寄せて来た。かすかに薄荷の心地好い匂いがした。雪乃は囁くように呟いた。

「さっき父の眠る顔を見ていたときのあたし、何を考えていたと思う？」

雪乃は言って、

「名越くんもあたしの項を見つめながらそれを気にしていたのではなくて？」

うん、と怜司は一つ頷いてから、

「さすがにご明察だな」

そう言って、

「お父さんの天国での安穏に覆われた生活のことかな。また神の愛の掌の上で安らかな眠りを貪る願いにでも囚われていたか――」

そのとき突然雪乃の哄笑が廊下に無遠慮に響き渡った。それはややヒステリックで尋常な精神状態を失した異様な笑い声にさえ怜司には聞こえた。エレベーターの下りを待つ冷泉さんも驚いて二人の方にはっとした眼を向けた。

「天国？　神の愛？　そんなことは考えないわ。早く回復して欲しいという現世での父の快癒以外は考えなかった。天国での神の愛のことなどまったく脳裏から欠落していた。少なくともあのときのあたしから信仰上の神など程遠い存在だった――」

エレベーターで二階に降りて、午後の健康的な陽光が溢れるように淀む談話室に三人は出向いた。冷泉さんは三つの珈琲を自動販売機で購入して三人が囲んだ円卓の前にそっと置いてにっこり笑った。申し訳ありません、と言って怜司と雪乃は同時に頭を下げた。冷泉さんは紙コップからの熱く黒い液体を唇に運びながら、

「古賀さんはどんなお話を私から聞きたくて誘ってくれたのかな?」

そんな切り出し方をした。

「あの震災のときに体験した冷泉さんのお話をもう一度伺いたくて、というよりこの彼に聞かせたくて――」

そして雪乃は、

「名越怜司くんです。お仕事は高校教諭。敬虔なクリスチャンであたしと同じM教会に通っているんです」

そう言った雪乃から冷泉さんの人の良さそうな温厚な視線が怜司に吸い付くように向けられた。冷泉さんは見れば年の頃は五十代半ば程だろうか。彼は肝臓癌の手術でこの総合病院で三週間前に手術をしたが、その後は順調に回復し、来週の末には退院の手筈も整っていたが、先日たまたま父親の見舞いでこの病院を訪れていた雪乃とこの談話室で顔を合わせ、そのとき以来親しくなったのだという。そんなことを雪乃は早口で怜司に教えた。怜司が雪乃の言葉に頷いている間、ずっと冷泉さんは好意的な眼を彼の顔に当てながら一緒に頷いてくれていた。

そして、雪乃がもう一度聞きたいという冷泉さんの体験談というのは彼と知り合ったその日からその日以後の浅い時期に耳にしたことなのだろう。あまり思い出したくない体験だが、と呟いて

下を向いた冷泉さんに、ごめんなさい、と雪乃は深く頭を下げて無理に懇願した。どんな体験なのか知らない怜司には雪乃のそんな押し付けがましい態度が迷惑でないこともなかった。

横浜市の出身である冷泉さんは、卒業した福祉関連の大学のある東北地方の県庁所在地を本拠地とするある障害者の福祉施設の支援員として就職した。四十代の終わりまで故郷を離れており、四十代半ばにあの東日本大震災に遭遇した。

大揺れの直後、十数人の障害児を先導しながら冷泉さんは津波の襲来から逃れるために施設の建物のある丘陵地の高台に死に物狂いで避難した。しかし、津波は容赦なく避難先である高台の小公園にまで打ち寄せ、数時間後に救援のヘリコプターが頭上に飛来するまで高台の食堂の屋根にしがみついて救援の差し出す手を待ったのだという。途中で大きな潮流の大襲来に幾度も観念したという。

長年カトリックのキリスト信者で妻と二人の息子と共に教会の主日礼拝に通い続けて来たという冷泉さんは死を覚悟した。もう駄目だ、という心の叫びを互いに抱き合う三人の障害児と共に共有しながら冷泉さんの脳裏に過ったのは神のことなどではなかった。

「それはもう死にたくはない、という執念だけでしたよ」

冷泉さんは突き放すように宙の一点を凝視して吐き捨てるように言った。

「そのときの私の頭には十字架もなければ神父の説諭もなく、ましてや天国のことなど微塵も考えなかった。ただ、まだこの世とこんな無念なかたちでおさらばしたくはないという俗と言えばそれ以上に俗な執念でしかなかった。カトリックの信仰を長年精神的支柱にして来た自分などどこかに影を潜めていましたよ」

眼を潤ませて呟く冷泉さんに、

「神の愛、という言葉などは意識のどこにもなかったのですか？」

怜司はある恐怖の念を抱きながら質問した。

「滅相もない。死後の神の愛、あるいは聖書の教えなどどこ吹く風という状態でした。どころかすぐそこまで大津波が押し寄せて来たときに思わず私の口から洩れた言葉――」

「何です？」

怜司が身を乗り出して質すと、

「笑わないでくださいよ」

「笑うものですか。そんな体験とはこれまで縁のなかった僕にはそんな資格はありませんもの――」

「それが、あなた、仏教の唱えです」

「仏教？」

「私は、なんまいだなんまいだ、と唱えていたのです」

羞恥に耐えないというように冷泉さんは両の拳を円卓の上で握り締めていた。

「長年カトリック信者として敬虔なクリスチャンだった私がよりによって仏教のお経を発したの

です」

それから、

「それを考えると信仰とはいったい何なのですか。日常生活における神のこれまでの祈りとは一体全体何だったのですか。私にとってミサとは聖書とは十字架とは賛美歌とは、あなた方とは宗派は異なるが私にとってのこれまでの信仰というものははたしてどんな意味があったというのでしょう」

冷泉さんは続けた。

「いよいよ天に召されるとき、あなたの言う神の愛どころか死に対する恐怖の感情にしか私は恵まれなかった。神が私にはそれだけの信仰しか抱かせてはくれなかった、と言い換えてもいい」

それから、

「先日、肝臓にできた癌細胞を摘出する手術のときもあなた――」

「ええ」

怜司が頷くと、

「数人の看護師によって手術室に向かうストレッチャーの上での先日の私も震災のときと同じだった――」

冷泉さんは眼を輝かせながら言って、

「神のことなど一切私の脳裏には去来しなかった――」

「これまでのご自分の信仰生活を振り返るようなことは？」

今度は雪乃が訊くと、

「冗談ではない。麻酔剤で混濁した意識の底で、ただ死にたくはない、死にたくはないの一点張りでしたよ。死後の神の愛も、神父を通じての数え切れない程の聖書の中の言葉も、十字架の輝きも、穢れのない聖堂での賛美歌の澄んだ清らかな歌声も、そんなものは一切忘れていた。ただただまだ死にたくはないという強烈な願いばかりでしたよ。あれは紛うことなく世俗という泥に塗りたくられた願望以上の何物でもなかった――」

そう言った冷泉さんはそのまま円卓の上で頭を抱え込んだ。自分ならどうだろう、と怜司は真剣に考えた。自分ももしも今生の最期に臨んだ場合、結局どんな思念が怜司の脳裏を遍く支配するのだろうか、と。それにしても今後の冷泉さんの信仰はどのような方向に行くのだろう。祈りに対する深い迷いを乗り切って立ち直り、何とか彼が元どおりの健全なキリスト者に戻ることを怜司は強く願った。

はたして昨今の冷泉さんは教会に通っているのだろうか。礼拝に出席して聖堂で十字架に祈りを捧げているのだろうか。それともすでに彼の思慮の中には信仰の欠片もなく、無信仰者、いや、あるいは仏教の世界にでも身を置きつつあるのかもしれないが、今の怜司にとって気になるのは冷泉さんどころではなくそばに座る雪乃のことだった。

その雪乃の横顔に視線を転ずると、彼女は、それごらんなさい、と言わんばかりに怜司に対しての信仰上の勝利者にでもなったつもりか、彼から冷たく視線を逸らして午後の贅沢で芳醇な光の帯に視線を当てていた。そんな雪乃が結局のところ自分に何を言いたいのか怜司には皆目見当がつかなかった。自分の信仰の挫折の正当性を実証したい、そんなふうにだけは怜司は考えたくなかった。

冷泉さんと談話室の前の廊下で別れて怜司と雪乃は総合病院の玄関口から戸外の日差しの下に吐き出された。目指す地下鉄の駅に後少しで差し掛かろうというとき、突然雪乃がこれ、と言って手提げ鞄からカラー刷りの小冊子のようなものを一部怜司に差し出した。それは現世での利益だけをひたすら祈念する新興宗教の勧誘用の印刷物だった。

怜司は首を横に振ってそれを邪慳に雪乃に突き返した。雪乃は思わず泣き出しそうな顔を傾げて寂しそうに、ふっ、とかすかな溜息をついた。

Ⅲ

怜司の予想どおり翌週の日曜礼拝の祈祷席上にも雪乃の姿はなかった。

これまで精神的な杖にして来た信仰を捨てたのかもしれない雪乃はもう二度とこのM教会に顔を出さないことを危ぶんだ怜司だったが、彼がさらに憂慮していたのは、雪乃が先日鞄の中から取り出して自分に提示したある新興宗教の入信を勧める二十数ページに及ぶ少し厚めの小冊子のことだった。その宗派が崇拝する神に祈りを捧げればどんな現実的願いでも叶うという眉唾物で怪しげな教義に、あるいは雪乃は強く心を惹かれているのかもしれなかった。

自分のその不安が的中しつつあることを怜司が確信したのは、その日の礼拝が終了した正午過ぎに萱場理久那と言葉を交わしたときだった。そうだったわ、と理久那は何かを思い出したように怜司の顔に視線を据え、名越先生、古賀さんの噂を聞いた？　と訊いた。

「雪ちゃんがどうかしたかい？」

怜司がところどころに置き忘れてある祈祷席の上の聖書を集めながら振り返って訊き返すと、

「噂だけじゃないわ。あたしだってちゃんとこの眼で見たもの――」

「だから雪ちゃんの何を、だい？」

理久那がつい先日に目撃した雪乃は、怜司たちが通うM教会の近くの駅の裏手に当たる広くもなく狭くもない、けれども結構人通りの多い路地の一角に立っていたという。何人かの若い男たちに交じって、肩には大きな画板の掛けられた細い紐を下げ、通り掛かる人たちにアンケートのようなものへの記入を呼び掛ける活動に専念していたということだった。

理久那の言った噂は翌週にはM教会関係者全体に蔓延し、日曜礼拝の席上でも会堂の祈祷席のあちこちから雪乃の名前が控え目に飛び交うようになった。怜司はここ二週間の間幾度か雪乃の携帯に連絡を入れようとしたが、いずれも応答はなく途方に暮れていた矢先だった。彼は再度雪乃の居宅を訪問することを決意した。会って何をどう言って何を説得するのかは自分でも分からなかったが、居ても立ってもいられないある衝動が背中を突き動かす不思議な感覚を自分でもどうすることもできなかった。

とにかく知らん顔をしている場合ではなかった。このままでは雪乃は自分の手の届かない遠い場所へと何者かに拉致されて行く不安感が、背筋を毛虫のようにゆっくりと這われているような嫌な感触と共にときおり怜司を襲った。

会堂から礼拝出席者たちの間を縫って床を早足で横切った怜司は、先に会堂を出て行った萱場牧師の背中に追いつき、思い切ってその華奢な黒い背広を身に纏った背中に声を掛けた。振り向いた萱場は鷹揚に頷くと、怜司の意図をすでに悟っていたかのように白い前歯を覗かせ、行くのは構わないが、と前置きした後、

「大切なのは、とにかく雪乃くんの今後の信仰と君の信仰を尊重し合うことです」

ええ、と怜司は言って、

「言われるまでもなく、僕自身の神を連れて行きますよ。萱場さんが先日おっしゃったように――」

「いいでしょう。但し、雪乃くんも雪乃くんで自分の神を君と同じようにすでに連れ回しているのかもしれない」

「争いはしませんよ」

怜司が苦笑して言うと、

「彼女の神のことをも尊重してあげてください」

そして、

「いいですか。彼女が連れている神がどんな神だろうと断じてそれを否定してはいけない」

「分かっています」

「どんな神だろうと、です」

「はい」

萱場に一礼した後会堂を出て、曇り空が地表一帯をどんよりと支配する戸外に吐き出されたとき、突然理久那が背後で怜司を呼んだ。怜司が振り向くと、数人の礼拝出席者の間を見え隠れしながら理久那が立っていた。あたしも行くわ、名越先生、と理久那は言って頷いた。

「君も？」

怜司は一歩片足を後退させて聞き耳を立てるような仕草をして訊き返し、

「それはいいが、行ってどうする？」

「さっき名越先生が父と自分自身の神がどうのこうのと言っていたでしょう？」

「聞いていたのか」

「ざわめきの隙間から聞こえて来たのよ」

そして、

「あたしもあたしだけの神を連れて古賀さんに会うわ」

続けて、あたしの神と古賀さんの神に会話させるの、と言った。

「好きにすればいいけど、どんな会話をさせる気だい？」

「それは分からない。でも、お互いの信仰を尊重し合うことだけはしっかり肝に銘じておくわ」

「尊重？」

「だって、さっき名越先生と父はたしかそんなことをおっしゃっていたではありませんか？」

怜司は理久那と肩を並べて教会の煉瓦色の石門を出て真っ直ぐに雪乃の居宅に通じる駅前通りの舗道を歩いた。春が少しずつ近づいていている気配を感じさせる生温い微風が理久那の長く光沢のある毛髪を水平に泳がせていた。怜司の鼻孔に高校も高学年になってまもなく志望校である私大の大学受験を控えている理久那の香水の匂いが漂った。陸上の選手でもある理久那はこの二、三年見違えるように背丈が伸び、身長はほぼ怜司と変わらなかった。

雪乃の家の前に着いたとき、玄関先で何やら雪乃と家政婦らしい女が軽く言い争う声が聞こえた。怜司は理久那と顔を見合わせ、門の向こうの内庭の方に耳を欹てた。そして、木立の隙間から内部を窺うと、怜司の視界を家政婦の老婆を振り切ってこちらに足早に向かいつつある雪乃の自暴自棄のような態度と受け止めざるを得ない姿が静止画のように怜司の視界をゆっくりと横切った。

家政婦の口からは、「いけませんよ！」とか「通帳」とか「旦那様に私が叱られます！」という金切り声が庭中に響いていた。そんな家政婦には構わずに雪乃は門の前に歩を進めて来た。どこか思いつめたような沈痛な印象をそんな雪乃の表情の裏に怜司は受けた。すかさず怜司と理久那は門のすぐ向こう側に立った雪乃の眼から逃れるように脇の木立の茂りの蔭に身を潜めて声を呑んだ。

　二人の姿には気づかずに雪乃は駅前通りの繁華街に早歩きで向かった。雪乃から十数メートル程離れて怜司と理久那はその後ろ姿から視線を離さなかった。やがて雪乃は駅前広場に辿り着き、バスターミナルの横の売店の脇の小さな路地の向こうに通じる裏通りに足を進めた。駅前通り程ではなかったが、駅裏にももう一つの繁華街と言える領域があり、そこで雪乃を三人の若い学生風の青年が待っていた。そのうちの一人が雪乃にお辞儀をした。雪乃も軽く会釈し、その青年から大きな画板を受け取って頷いた。

　やがて雪乃は画板を紐で胸の前に掲げ、通行人の一人に声を掛けた。通行人はそんな雪乃を無視し、さっさと足早にそばを通り過ぎた。次に雪乃は二人連れの三十歳前後の女性を呼び止めた。一人が渋々アンケートへの協力を承諾したのか、雪乃は、ありがとうございます、と言って頭を下げているようだった。もう一人も仕方なく画板の上のアンケート用紙に記入していたが、雪乃から手渡された例の小冊子は二人共首を左右に振ってどうしても受け取らなかった。二人は、行こう、と言い合って雪乃の前をそそくさと去った。雪乃の両脇では三人の宗教団体の関係者らしい青年が通行人たちにやはりアンケートへの協力を求めるために盛んに大声を張り上げていた。

　文化教室の五階建ての建物の蔭に隠れてそんな雪乃たちの様子を窺っていた怜司と理久那は、次の瞬間同時に驚きの息を呑んだ。そばの一人の青年にそのとき雪乃がそっと手渡したのは、先程家政婦がその件で雪乃を非難しながら叫んでいた通帳に違いなかった。旦那様に私が叱られます！　という家政婦の言葉で、おそらくそれは雪乃の入院している父親名義の通帳なのかもしれなかった。理久那も怜司と同じことを察したらしく半ば息を殺すような声で、

「名越先生、あたし、父を呼んで来ます！」

それから、

「だって、黙っていられることではないわ！」

「賛成だな。よし、それまでは僕が彼女をここに繋いでおこう」

頷いて駅前通りの方向に急いだ理久那の背中を見送ると、怜司は意を決したようにつかつかと雪乃から受け取った通帳を上着の内ポケットに仕舞った青年のそばに進んだ。あっ、と怜司の出現に声を軽く発して両の眼を見開いた雪乃にちらっと視線を当てた後、怜司は青年の肩を軽く指先で叩いた。振り向いたその色白の品の良い青年の眼は意外にはっとする程澄んでいた。

「誰です？」

青年が上目遣いに怜司を見据えて薄い微笑を湛えた。

「君に、というより君が彼女からさっき受け取ったものに僕は用がある――」

怜司が言うと、

「ですから、あなたはどなたかと訊いているのです」

「R学園で倫理社会の教師をしている名越というものです。彼女の友人です」

そして、

「あなたが上着のポケットに仕舞ったものは何です？」

「寄付よ！　あたしが進んで献金したのよ！」

戸惑ったような深い縦皺を整った顔の眉間に走らせた青年が答える前に、甲高く開き直ったような雪乃の声に通行人たちが驚いて振り返った。

「さあ、雪ちゃん、教会に帰ろう。萱場牧師も待っている」

怜司が青年から脇に立つ雪乃に視線を転じて言った。

「帰らないわ。あたしは二度とＭ教会には戻らない――」

雪乃が怜司の横顔を睨んだ。

「雪ちゃん、少しは冷静になって貰いたいな」

「あたしは冷静よ」

「君はあきらかに興奮している――」

「興奮なんかしていないわ」

「これまでの信仰で君が大切に温めて来たものをもう一度思い出して貰いたい。僕が言いたいのはそのことなんだ」

「名越さんと言いましたか。彼女のことをよく知っている方のようですが、ご存知のように彼女のお父様は目下絶望的な死病に苦しんでいる――」

「無論、とっくに知っている」

「それなら話は早い――」

青年が身を乗り出して言って、

「そして、お父様の快癒を彼女は寝食も忘れて願っている。さらには僕たちも彼女と一緒に神に祈ってお父様の奇跡的な回復を祈っている。その行為のどこがいけないというのですか？」

「いけないとは言っていない。ただ彼女にはほかに長い間培って来た別の土俵での信仰があるのです。それを忘れないで貰いたいと言っているんだ――」

怜司が言うと、

「その信仰は彼女のお父様を死地から救い出してくれるのですか？　もしも僕たちの祈りが彼女のお父様の治癒を実現させたとしたらどうします？」

「それは愚問というものだ。第一僕にはどうしようもできないよ。信仰を選択するのはあくまで彼女自身だ。それに異なる土俵にある信仰同士を競い合わせるなんて愚の骨頂だ。君たちはそう思わないか？」

「ならば彼女の信仰に口を出すことはないでしょう？」

「元の信仰の土俵に戻ることを僕も無理に強制してはいない。とにかく今の僕は君が上着の内ポケットに仕舞った通帳に用があるんだ」

そんな怜司に非難するような光る眼を向けて、

「だから寄付したのよ！　名越くんが横槍を入れることではないわ！」

もう一度絶叫に近い雪乃の声が舗道一帯に流れた後、三人の青年のうちの長身の一人が跨る青い中型の自動二輪車が怜司と雪乃の間に乱暴に滑り込んで来た。本部に行くよ、と二輪車を運転する青年の声に、さっきまで怜司と言い争っていた青年が、ああ、気をつけて、と応じて小さな袋を渡した。その袋には雪乃の父親名義の通帳が入っているのかもしれなかった。

運転手から手渡された赤いヘルメットを被った雪乃が怜司の存在を黙殺したような態度で颯爽と二輪車の後部席に跨ったのとほぼ同時に、萱場牧師の運転する軽自動車が怜司たちのいる舗道脇の車道に急停車した。雪乃と青年の跨る二輪車を遮るように斜めに自動車を停めた萱場が舗道の上に降り立ったとき、後の二人が萱場の行く手に立ちはだかるように並んで立った。雪乃を後部に乗せた二輪車がエンジンの音をけたたましく響かせ、二人の青年の加勢を追い風にして前方に突き進んで行った。

怜司が渾身の力を振り絞って二輪車の後部席のすぐ後ろの荷台の縁を掴んだ。運転手の青年が一瞬怜司の行動に怯み、慌ててブレーキを掛けたとき、怜司と彼を振り返った雪乃の眼が合った。赤いヘルメットの奥から眼球を輝かせ、雪乃が怜司を突き放すように冷たい視線を当てた。怜司は激しく横に首を振り、掴んだ荷台の縁に一層力を入れた。怜司を引き摺って車輪を回転させる度胸は運転手にもないらしく、しばらくはエンジン音を響かせながら二輪車はその場で立ち往生を続けた。

「雪乃くんは、目下信仰に大きな迷いを背負っている――」

ほどなくして萱場のそんな声がエンジン音の間を縫って舗道を這った。その後、背負ったまま君たちの宗派に駆け込もうとしている、と言った。

「では、僕たちが古賀さんのその迷いを払拭する努力をしますよ」

先程怜司と論争した青年が言うと、

「そいつは頼もしいが、私には長年雪乃くんの信仰に寄り添って来た責任があるんだ。無論、彼女が私たちのいる信仰の舞台に戻るのか、このまま君たちの舞台に居座るのか、私はただ見守るしかないが――」

萱場は言って、

「君たちも他の信仰を少しでも敬う気持ちがあるのならそこをどいてくれないか。私にもう一度だけ彼女と話をする機会を与えてくれないか」

「――」

「さあ、頼むからそこをどいてくれないか」

「――」

「さあ――」

「――」

「さあ！」

さあ！　というそんな萱場の気迫とある覚悟に充ちた懇願に二人の青年は顔を見合わせ、互いに頷きながら萱場の身体からそっと距離を置いたとき、二輪車が荷台の縁を掴んだ指先の握りを緩めた怜司の心の隙を突いて突然車輪を勢いよく回転させた。

思わず耳を塞ぐような爆音に近いエンジン音を立てて二輪車は萱場の軽自動車が停車する舗道脇を避けるように迂回し、すかさず舗道から車道に移動した。早く乗るんだ！　という萱場の声で怜司は萱場が運転席に座る軽自動車の助手席に腰と両脚を移動させた。萱場に行く手を譲った青年二人が口をぽかりと開けて見る見る遠ざかる二輪車を追う萱場の軽自動車を眼で追っていた。

本部に向かう自動二輪車の後部席に座って両腕を運転手の青年の腰に絡ませた雪乃は、ヘルメットの内側で目下何を思っているのだろうか。怜司はときおり眼を細めて二輪車を追う萱場の横顔に視線を転じながらそんなことを考えていた。だが、二輪車は目下確実に雪乃をこれまでの信仰の土俵から引き離そうとしていた。元の信仰の領域とは無縁の世界へと連れ出そうとしていた。

下唇をきつく前歯で噛んだ怜司は、前方で風の中を泳ぐ雪乃の今後のことに思いを馳せていた。二輪車の車輪の回転とは別に、雪乃は雪乃でこの瞬間にいったいどんな思念に支配されているのか。元のように萱場牧師の説教の前で頭を垂れ、食前には神に祈りを捧げ、教会の礼拝の席上で聖書を朗読し、賛美歌を澄んだ声で歌い、来世での神の愛を直向きに信ずる生活に戻りたがっているのか。それとも幾許かの寄付金で実現するのかもしれない父親の病気の快癒を本気で信じているのだろうか。

ああ、怜司には何もかも分からなかった。萱場にだってそれはおそらく分からないことだろう。自動二輪車のすぐ先の信号が青から黄色に変わったときだった。二輪車が萱場の運転する軽自動車を振り切るように信号機の下を走り抜けた。赤信号の前でやむなく停車し、ちっ、と舌打ちした萱場が前方に細めた眼を向けて二輪車の行方を追ったとき、遥か先にぼんやりと小学生の男子児童が二人横断歩道を横切るのが見えた。

二輪車が咄嗟に急ブレーキを掛けた。同時に急角度に車体が左折し、よろよろとぐらついた車体と二体の生命の塊が大きく歪んで宙に放り投げられるのを怜司の視野がしっかりととらえた。

ハンドルから手を離した運転手の身体が一回転しながら電柱に激突し、車体から宙に浮いた雪乃の頭部を離れたヘルメットが放物線を描いて路面に落下すると、彼女の頭骨と鼻骨と胸骨が電柱に激しく叩き付けられた。

二輪車が舗道の端で車輪の回転をようやく停止させ、直後に炎上し、通行人たちの悲鳴の中で炎に覆われた凄惨な姿を曝け出した。もっと凄惨なのは二輪車から放り出された運転手の青年と雪乃だった。青年は舗道の路面に全身を血で染めながら仰向けに横たわり、雪乃は雪乃でこれまた顔と首から下を血だらけにしながら舗道の端に俯せに転がっていた。

萱場はすかさず舗道際に軽自動車を停め、愕然と眼前の地獄に眼を向けている怜司を先導するように二人の事故の犠牲者のそばに向かって駆けた。炎上する二輪車の脇で二人の児童が大声で泣き喚いていたが幸い怪我はないようだった。

　雪乃の父親の容態が急変し、数人の医師と看護師に見守られながら息を引き取ったのはその晩遅くのことだった。もちろんその頃駅の裏手にある外科医院の集中治療室で昏睡状態の、全身を包帯で覆われて身体中を管だらけにされた痛々しい姿の雪乃がそれを知るはずもなかった。

　雪乃の父親の葬儀はその三日後に執り行われ、本人の生前の願いもあって比較的簡略に済ませた佐伯のときとは異なり、怜司にとっては初めて眼にする本格的な教会葬だったが、納棺式、前夜式、葬儀告別式を中心とするそのほぼ大半が萱場牧師夫妻の指示で進行された。だが、数日に亘る会葬の儀式の一切が終了する間も、残念ながら雪乃の意識が戻ることはなかった。そして、一時は重体に陥っていた雪乃の状態がようやく峠を越し、彼女の意識が戻って集中治療室から一般の病棟に移されたのは、その父親の死から十日後のことだった。

　看護師から父親の死を知らされたときの雪乃のそばには怜司も萱場も立ち会っていなかった。だからそのときの彼女がどんな驚愕の表情を見せたのか、その死を知らせた看護師以外見た者はいなかった。

Ⅳ

雪乃の退院の日の午後、怜司は自家用車を運転して彼女が約一ヵ月と少しの間入院加療していた外科医院まで迎えに出向いた。土曜日の昼下がりの国道はやや渋滞気味で約束の時間に約三十分遅れて怜司は医院の正面玄関前に到着した。勤めている学校は先週の末からすでに春季休暇に入っており、牧師夫妻の了解を得て怜司は進んで雪乃の迎え役を買って出たのだ。

玄関前には十数人の人だかりがあった。怜司が乗用車を停めて内庭の前の舗道に降り立つと、幾人もの医師や看護師たちに取り囲まれている、退院したばかりの松葉杖を両脇に挟んだ雪乃のかなり痩せ細ったように窺える姿があった。

意外にも雪乃は笑顔だった。両眼と高い鼻翼の周囲を残して顔中を白い包帯でぐるぐる巻きにされ、コルセットでも身に付けているのか腰の辺りが不自然に膨らんでいるように見える雪乃の姿は一見痛々しかったが、それでも包帯の間から覗く両の眼はあきらかに怜司から見て屈託のない光を周囲に振り撒いていた。その様子は、聞けば今後かなり重度の脚の障害を背負って生きて行かなければならない可能性が大のようにも、先日最愛の父親を亡くしたばかりのようにもとても怜司には見受けられなかった。

やがて病院関係者から退院祝いの拍手が起きた。その祝意にやはり雪乃は満面の笑顔で応えているように見えた。雪乃が松葉杖を器用に使って関係者たちにぎこちないお辞儀を繰り返し、そばに来た怜司にも包帯の下からくっきりとした微笑を投げ掛けた。怜司が、退院おめでとう、と言うと、雪乃は眼を大きく見開いてこくりと頷いた。その晴れた午後の日差しに輝く眼球は純粋に感謝の意を表す光以外の何物をも湛えてはいなかった。

「父の葬儀のことではお世話になりました」

と、雪乃は他人行儀の語調で言って怜司に頭を下げた。入院中の間かなり伸びたように見える頭頂で束ねた彼女の毛髪が、三月中旬の春の到来を感じさせるぎらついた日差しを跳ね返していた。怜司も微笑を返して言った。

「ううん。僕なんか何もしてあげられなかった。雪ちゃんのお父さんの教会葬の一切はほとんど萱場さん夫妻がやってくれた――」

「そうらしいわ」

「後でよくお礼を言うんだな」

「ええ」

まもなく病院のスタッフ一同から花束の贈呈が行われ、雪乃の代わりに怜司がそれを胸に抱えた。さらなる幾度目かの拍手に見送られて怜司の運転する自家用車は雪乃を後部座席に乗せて医院の内庭から発進し、混雑した車道に移動した。雪乃の父親の遺骨が安置されている自宅に向かおうとしていた怜司に、

「お願いがあります」

少しして雪乃が囁くように言った。

「何だい？」

「自宅ではなくこのままM教会に連れて行っていただきたいわ」

「教会に？」

怜司は訊いて、

「それは構わないがまずは池田さんが待っている自宅でお父さんの遺骨と対面した方がいいよ――」

怜司が家政婦の名前を言ってそんなふうに助言すると、

「入院中に留守を引き受けてくださった池田さんにもお礼を言わなければならないけど、まずは最初にM教会に行きたいのよ」

「雪ちゃんがそう言うのならこのまま教会に向かうけど――」

「我儘を言ってごめんなさい」

「いや――」

乗用車がM教会の駐車場に着くと、石門の前で萱場牧師夫妻、そして先日第一志望のJ大の理工学部に見事合格した理久那が立って怜司と雪乃を待つ姿があった。萱場の第六感が病院から雪乃が教会に直行することを予期したのかもしれなかった。後部座席に座る雪乃から怜司は先に松葉杖を受け取り、雪乃が路上に楽に降り立てるように右手を差し伸べてその手を握った。雪乃の右手は驚く程冷たかった。怜司の介添えで路面に脚を置いた雪乃を、萱場夫妻と理久那が盛大な拍手で迎えた。

雪乃の両の眼から溢れんばかりの滴が包帯を濡らした。牧師夫人が雪乃の左側に立ってその腕を優しく引き、理久那が右脇に立って石門の向こう側にゆっくり歩を運んだ。その愛情に充ちた光景を眼にしていた怜司に、

「名越さんに頼みがあるんだが――」

そんな萱場の改まった神妙な声に、

「何か？」

怜司が身を乗り出すと、

「例の聖画、いつか名越さんが話してくれた珈琲の黒い液体を浴びせられた雪乃くんの家にあるイコン――」

「ああ、あの聖画ですか」

「もちろん家政婦さんの許可を貰わなければならないが、これから彼女の家に行ってそのイコンをここに運んで来てくれないか」

「運んでどうするのです？」

「いいから頼まれてくれないか」

「それはいいですけど、それにしても彼女が真っ直ぐに教会に来ることをなぜ萱場さんは知っていたのですか？」

「そんな気がしていたよ。彼女はどこよりも先にこの教会に来ると――」

「はあ」

怜司はすぐにそこから雪乃の自宅に乗用車で向かった。そして、家政婦の池田に事情を話し、雪乃の部屋に上がり込んで例の〝ウラジーミルの生神女〟の十号の大きさの額縁を壁からそっと外した。さらに池田に何度も礼を言って怜司は内庭の荒れ放題の雑草だらけの石畳を門の前までゆっくり歩いた。

師走の午後の柔らかい日差しを浴びた額縁入りのイコンは、あのとき怜司が見たとおりに画面の一部が珈琲の液体で黒く染まっていた。額の割られた硝子の下の女の顔は珈琲を浴びせられたせいかどことなく泣いているように怜司には見受けられた。そして、乗用車の運転席の前に立ってもう一度そのイコンを陽光の下に固定させながら、怜司は今後の雪乃の信仰の行方のことを思った。

雪乃はこれからどうするのだろう。思わぬ事故で今後両脚に重度の障害が残り、二十数針も縫ったという顔面の半分は最早修復できない状態であり、本来の透き通るような美顔とは程遠い面貌を背負うことを余儀なくされ、さらには唯一の肉親である父親を亡くし、今後たった一人で生きて行かなければならない天涯孤独の雪乃の信仰はどんな方向に流れて行くのだろう。萱場牧師に導かれながらの信仰に絶望しているというのが彼女の本音なのではないのだろうか。現世での利益授与を教義とする信仰にいよいよのめり込んで行くつもりになってでもいるのだろうか。怜司はそっと助手席の背凭れに額縁を立て掛け、静かに乗用車を発進させた。

M教会に到着し、駐車場に乗用車を停めると、怜司はイコンの額縁を右腕の脇に抱えて教会の建物に歩を進めた。そして、柔和な太陽光線が三角屋根の上の十字架を照らす光景を眺めながら会堂へと急いだ。

会堂の東隅の祈祷席に雪乃は座っていた。二本の松葉杖を通路に置き、壇に近い正面に立つ萱場に視線を当てているようだった。会堂に顔を覗かせた怜司に気づいた萱場が大きく頷いた。怜司はつかつかと壇に向かって歩き、抱えていたイコンの額縁を萱場に差し出した。萱場はもう一度頷き、怜司から額縁を受け取ると、それを胸の前に翳して怜司にはよく聞き取れない言葉を囁くように雪乃に向けて発した。

怜司の側からは見えなかったが、雪乃のか細い両の肩が突然震え出した。それから首を上下に幾度も振ると、祈祷席から通路側の床に上半身を移動させ、両膝を床に付けて嗚咽し始めた。やがて嗚咽が号泣に変わった。

雪乃は目下何を思って泣いているのだろうか、と怜司は思った。珈琲の黒い液体を感情の任せるままに浴びせ掛けた聖画の女に詫びているのだろうか。深刻な信仰の迷いを後悔した末に耐え切れずに号泣しているのだろうか。それとも行く末の自分の境遇の不安、そして死んだ父親のことを思い出して激情に走っているのだろうか。

萱場が柔らかい微笑を両の頬に湛えて頷き、優しい視線を肩を震わせている雪乃に注ぐと、翳していたイコンの額縁をそっと壇の縁に立て掛けた。雪乃はやはり詫びているのかもしれない。黒い液体で汚した画面の女に謝って平伏しているのかもしれない！

萱場が静かに歩を運んで会堂の出口に向かう後ろ姿を怜司は控え目に追った。それから会堂の出口際の薄暗い廊下で、

「雪ちゃんは泣きながら何を思っていたのでしょう？」

と、萱場に訊くと、

「さあ、それは私にも分からない——」

萱場は言って、

「しかし雪乃くんはもう平気だ」

「平気でしょうか」

「ああ、平気さ——」

なぜ萱場牧師は雪乃の信仰のことを平気だと断言できるのだろうか、と怜司は思った。もしも病院からM教会に直行したことが雪乃の意思によるものだということを萱場が知っていたのなら、おそらく彼は、雪乃が一刻も早く自身の神をこの会堂にいる神に久しぶりに引き合わせたいという願いを抱いていたからだとでも言いたいのだろうか。そしてその思惑は、理久那がいつか

怜司に言った神と神とを会話させたいという言葉とどことなく相通じるような気がした。

はあ、と曖昧に頷き、怜司は眼光を輝かせて萱場の彫りの深い端正な横顔に視線を当てた。萱場が繰り返して呟くようにもう一度言った。

「もう彼女は平気さ――」

「ならいいのですが――」

それから一瞬の沈黙の後、萱場が、

「こんなことを言うと娘に低俗だと叱られそうだが――」

「はい」

「雪乃くんのお父さんの生命をやはり助けてやりたかったな――」

「――」

一瞬首を傾げた怜司に、

「死なせたくはなかった――」

「ええ」

「もっともっと生き延びて欲しかった。この世で、ね――」

「――」

「私だって神にそう祈りたかったさ。本音を言えば――」

「わかります」

その後、僕も同感です、と怜司は付け加えようとして慌ててその言葉を呑んだ。

「いや、いいんだ。何でもない。聞かなかったことにしてください」

萱場が大きく首を縦に振り、怜司の肩をぽんと軽く叩いて廊下を歩き始めた。正面玄関の三和土から黄金色の三月の豊穣な陽光が戸外の至る場所で闊歩しているのが見えた。萱場は怜司を振り返り、では、と片手を挙げて合図すると、とぼとぼ牧師館のある石畳の通路を歩いて行った。なぜかことのほか貧相に見えるその背中は、怜司にとって何やら牧師が急に老いて、とても寂しくやり切れないような思いを抱いているような印象を感じた。

萱場も萱場で信仰の迷いを背負っているのかもしれない、と怜司は思った。一時期の雪乃がそうであったに違いないように、萱場自身が長い間信じて心酔して来た神だけを寄り添わせることに何となく限界を感じているのかもしれない。もしかしたら彼も別の神の存在を心の片隅のどこかで暗中模索し始めているのかもしれない!

萱場と入れ替わるようにそのとき理久那が石畳の上をゆっくり歩いて怜司の眼の前に立って微笑んだ。そして、ぽつりと言った。

「名越先生。古賀さん、立ち直れるかしら」

「平気だろう」

と、怜司は先程の萱場の発した言葉と同じ表現を使った。

「きっと彼女は立ち直るさ」

そのとき、次回の水曜の祈祷会の打ち合わせに教会の多目的ホールに来ていたらしい二人の婦人が相前後して玄関口から戸外の光の下に吐き出されて来た。二人共毎週の日曜礼拝には必ず出席している、怜司も顔見知りの教会の近辺に居住する敬虔なクリスチャンだったが、彼女たちの口からは自分たちの息子や娘の高校受験の話題が漏れ聞こえていた。神に祈るのだから合格するはずだとか、ご利益は祈祷を裏切らないだとか、怜司や理久那の信仰の土俵にとってはそれ以上に低俗な話題はなかった。

婦人たちが門外に去った後、怜司はちらっと理久那の横顔に視線を転じ、あんなものさ、と小さく言った。戸惑った眼を幾分伏せながら理久那も軽く頷いた。その後、怜司は理久那にＪ大合格の祝いの言葉を改めて述べ、ついでに先日礼拝の体験出席に来ていた三人の進路先を訊いた。

「三人共何とか志望の学校には合格したようだわ」

理久那が言うと、

「良かったじゃないか」

そんな怜司の感想に、

「そうかしら」

「そうじゃないの？」

「彼女たちは大学に合格できたのは先々月の日曜礼拝に出席して型どおりに神に祈りを捧げたからだと本気で信じているわ。今度の礼拝にもまた出席すると言っている。そんな信仰ってある？

名越先生――」

「いいじゃないか。好きなような信仰をさせてやれよ」

「彼女たちは見当違いの味を占めたのよ。礼拝に出席しての表層上での祈りで願い事が実現するのだと――」

「だから、好きなようにさせればいいさ」

「でも、何だかやはりあたしには合点が行かないわ」

うふ、と苦笑して怜司は太陽の輪郭がいよいよくっきりとして来た午後の太陽を浅く仰いだ。そして、誰にだってそれぞれ自身の神があるのだと思った。誰もが自分だけがいいように好き勝手に解釈できる神を引き連れて生息しているのだ、と。かつての雪乃が事実そうなりつつあったのだし、さらには現在の萱場牧師だってそうではないとは言い切れなかった。そうだった。他人事ではなかった。怜司自身の信仰にも今後どんな行方が待っているのか分かったものではなかった。

一瞬固唾を呑んで意を決したように怜司は理久那に言った。信仰の姿勢など誰でも自由でいいのではないか、と。それぞれが自身だけの神が授ける信仰に忠実に生きていればそれでいいのではないか。小市民らしい信仰を抱いていてもそれはそれで結構なのではないか。そんな通俗な信仰を抱く人間たちをも優しく掌の上で休息させてくれるのが神というものなのではないのか。ああ、誰もが常に自分だけの神の温かい懐に優しく包んで貰って生きている！

ふと怜司は五歳のとき、若き日の萱場牧師の導きによって受洗した日の午後の太陽を思い出した。季節はちょうど三月半ばの今頃で、自分は教会からの帰り道を両親に両手を引かれながら何を思っていたのかを考えた。するとあの頃に比べて自分の信仰など少しも成長していないような気がした。自分だけではない。完成された信仰などには永遠に、萱場にも雪乃にもそばの理久那にもまだまだ縁がないのではないか。

頭上の昼下がりの太陽の煌めきに眼を細めながら、怜司は脈絡もなくそんなことを考えていた。春はいよいよ本番に近づいていた。

あとがき

二十代の初めの頃から自分の感性の孤独ということについてずっと考えて来ました。

そのことはつまり、この世に自分と細部の細部にまで及ぶ同じ感性の持ち主が存在することなど有り得ないという諦めのようなものが起点でした。

しかしそれは当たり前のことであって、孤独ではないと言ったら嘘にはなりますが、特段悲嘆に暮れる孤立感ではないと自分なりに割り切って来たのです。

ところが三十代になり四十代になり、そして五十代も半ばを過ぎる頃になって、感性の孤独に耐え切れない自分を少しずつ意識するようになったのでした。何かを観て読んで聴いて発見して、自分と瓜二つの感受性という名の容器にそれらをすっぽりと収納できる人がこの世のどこかにいるのではないかという、言うなればある種の期待と不安と焦慮のようなものを貧弱な思念に同居させて探し回っている自分を見出すに至ったのです。

そんなときに書いたのが表題作である「全方位風速の孤独」という中編でした。

ですので、この作品はほぼ自伝に近いかたちの物語となり、芸術大学で音楽を専攻していること、そして出身地が他県であること以外はすべて自分と生き写しの主人公を正直に描くことを余儀なくされたのです。

　この中編を読んで下さる方がはたして自分のどんな感性を再認識できるのか、それを切に祈願してこのあとがきの筆を置かせていただきます。

　最後になりましたが、この本を上梓するにあたって多大なご尽力を賜った鳥影社のスタッフの方々、そして装画を担当して下さった新進気鋭の画家・政木アニーさんに心より御礼を申し上げる次第です。

二〇二四年　初夏　川西　桂司

〈著者紹介〉
川西　桂司（かわにし けいじ）
本名　川西　桂
1959年青森県青森市生まれ。
明治大学商学部卒業。大学在学中からさまざまな
同人誌を中心に創作活動に従事。
「雨あがりの町」で第2回朝日新人文学賞候補、
「残された場所」で第16回潮賞小説部門候補。
著書に『薄曇りの肖像』『二百デナリのパン』
『不可視化』（以上鳥影社刊）『あのシェイクス
ピアも持っていた羽根』（文藝書房刊）がある。
盛岡市在住。

全方位風速の孤独

2025年3月15日初版第1刷発行
著　者　川西桂司
発行者　百瀬精一
発行所　鳥影社 (choeisha.com)
〒160-0023 東京都新宿区西新宿3-5-12-7F
電話 03-5948-6470, FAX 03-5948-6471
〒392-0012 長野県諏訪市四賀229-1（本社・編集室）
電話 0266 -53- 2903, FAX 0266 -58-6771
印刷・製本　モリモト印刷

ISBN4-86782-131-2 C0093